U0452723

顾爷爷讲中国民间故事

②

（两汉—南北朝）

顾希佳

—— 编写 ——

目 录

圯桥纳履 ………… 1

覆水难收 ………… 5

凿壁偷光 ………… 10

卜式捐献 ………… 14

苏武牧羊 ………… 19

黄霸智断争儿 ………… 28

鲍宣埋书生 ………… 30

薛宣判缣 ………… 33

董永卖身 ………… 37

田昆仑与白鹤女 ………… 40

严子陵钓鱼 ………… 47

珠崖二义 ………… 51

张道陵试徒 ………… 55

郑公风 ………… 59

刘阮入天台 ………… 62

范式赴约 ………… 66

李寄斩蛇 ………… 69

蔡邕听琴 …………… 73

韩康卖药 …………… 75

王烈和偷牛人 …………… 78

华佗与曹操 …………… 80

桃园结义 …………… 84

七步成诗 …………… 89

乐羊子妻 …………… 91

广陵散 …………… 94

父子清慎 …………… 96

蚁王报恩 …………… 102

周处除三害 …………… 105

梁山伯与祝英台 …………… 109

书圣王羲之 …………… 113

田螺姑娘 …………… 119

智擒山獠 …………… 126

张璞嫁女 …………… 128

宋定伯卖鬼 …………… 131

弃老国 …………… 134

聪明的猕猴 …………… 138

四姓害子 …………… 143

罗刹女和五百商人 …………… 150

华山畿 …………… 157

圯桥纳履

张良是汉高祖刘邦手下的得力谋臣，为创建汉朝立下了汗马功劳。他是城父（今安徽亳州东南一带）人，祖先五代都是韩国的贵族。秦始皇灭掉韩国之后，张良拿出全部家财结交刺客，立志为韩国复仇。一次，在博浪沙（今河南新乡原阳县），他们偷袭了秦始皇，没能成功。此后，他就隐姓埋名，躲到下邳（pī）（今江苏徐州邳县）去了。

在下邳的时候，张良遇到了一件奇怪的事情，对他后来的人生道路产生了很大的影响。

那天，他闲着无事，背着手在一座大石桥上散心。这桥为圯（yí）桥，高大巍峨，远近闻名。张良一边观赏风光，一边踱着方步，优哉游哉，自得其乐。

这时候，对面走来了一个老公公，眉毛和胡须都雪白，身上穿着一件红褐色的袍子，显得格外精神。他脚上也穿着一双红颜色的布鞋，手里还拄着一根紫红色的拐杖。老公公走过张良身边的时候，朝他望了一眼，故意将自己脚上的一只鞋跌落到桥块下面，然后对张良招招手，毫不客气地说："喂，这个孩子，你下去给我把鞋子拾起来！"

张良好不恼火，心想："世上竟有这种傲慢无理的人？我跟你素不相识，这鞋又不是我弄下去的，凭什么你可以这样盛气凌人地指使我呢？"张良是个血气方刚的青年，本想伸出拳头揍他一顿，可是再一看，对方是个白发苍苍的老人，他只好强忍怒火，闷声不响地走到桥下，替老公公去拾鞋子。

鞋子拾上来了，老公公又得寸进尺，伸出脚来对他说："来，给我穿上！"

张良想，也罢，好事做就做到底吧。于是，他跪了下来，替老人把鞋子穿上。

老公公绷着个脸，看张良穿鞋，穿好之后，也不道谢，只是神秘莫测地朝他笑了笑，拄着拐杖走了。张良的心头咯噔一下，觉得这个老人与众不同，却又猜不透他葫芦里卖的是什么药。他望着老公公的背影，久久不肯离去。

老公公走出了好长一段路，却又重新走了回来，对张良说："你这孩子真不错啊！五天以后，天亮的时候，我们再在这里见面吧。"

张良更加惊奇起来，恭恭敬敬地答应道："是。"

五天之后，天刚蒙蒙亮，张良急呼呼地赶到桥上，心想那老公公大概还没来吧。谁知道，他走到跟前一看，老公公早已等在那里了。一见面，老人家就发起火来，训斥道："年轻人和老人约会，却比老人晚到，真是太不像话了！"说罢，拂袖而去。

张良的一张脸涨得通红，想说什么，却又说不出来，只是用手去拉老公公的袖子，求他原谅。

老公公回过头来，又扔下了一句话："那么，五天以后的清晨再来吧。"

又过了五天。那天拂晓，雄鸡刚刚啼叫，张良就已经赶到桥上了。哪知道那个老公公还是比他先到。

这一次，老公公的火气更大了，指着张良的鼻子，呵斥道："怎么还是比我晚到，什么道理？"说罢，他转身就要走。

张良不敢申辩，跪在地上苦苦哀求。老公公这才回过头来，叹了一口气，对他说："再原谅你一次吧。再过五天，你无论如何要早一点来啊。"

张良牢牢记住了上两次的教训，第四天半夜就摸黑跑到圯桥上去守候。

不一会儿，老公公果然拄着拐杖走上桥来，看见张良已经等候在桥上，态度十分虔诚，不觉露出了欣慰的微笑。他和蔼可亲地摸着张良的头，说道："嗯，是应该这样。"

老公公从怀里取出一部书来，神色庄重地递给了张良，对他说："青年人，好好读一读这部书吧，将来也好替打天下的人出一把力。估计再过十年，你们就可以大功告成了。十三年以后，你就到济北去找我，那里有座谷城山（今山东济南市平阴县西南），山坡上有一块大黄石，那就是我。"

说罢，老公公仰天大笑，转身下了桥。张良去追他，可是，一会儿工夫就不见了人影。

天亮之后，张良一看手中的书，只见封面上写着"太公兵法"四个大字。他知道这是当年姜子牙留传下来的兵书，好不高兴，仔细地阅读起来。后来他做了刘邦的谋士，为刘邦出了不少主意。刘邦对他非常佩服，称赞他能"运筹帷幄之中，决胜千里之外"。

【故事来源】

据汉朝司马迁《史记·留侯世家》译写。

 覆水难收

汉武帝的时候，会稽有个读书人，名叫朱买臣。朱买臣只知道埋头读书，不会操持家务，也不会干什么手艺活，所以家里的境况越来越困难。后来看着日子实在过不下去了，他只好跟着老婆崔氏一起上山砍柴，然后挑到集市上去卖，换回一些粮食。一家人就这样苦度光阴。

就算家境贫困到这种程度，朱买臣还是舍不得扔下书本，一有空，就捧着书读个不停。每次上山砍柴，口袋里总是装着一卷书，他一边走山路，一边摇头晃脑，咿咿呀呀地背书，背到什么地方卡住了，他就停下脚步，摸出书本看上几眼，然后接着上路，继续背个不停。有时候，到集市上，柴担子一放下，他就蹲在一边，专心致志地读起书来。这种傻乎乎的模样常常引得路人哈哈大笑，附近的人都指指点点，议论纷纷。

他自己倒也无所谓，可他老婆却受不了，一再劝告他："你要读书，就在家里读。现在在路上，读什么书？！丢人玩眼的，连我也跟着出丑。"

朱买臣却笑着说："身正不怕影子斜。怕什么！我既不偷，也没抢，读书人在路上读书，是天经地义、正大光明的事。"

从此之后，他在路上背书、读书的声音越发大了起来。

他老婆越想越懊恼，就和朱买臣争吵起来，说道："你这个书呆子，没日没夜地只知道读书，读书！读书有什么用？！人家都是丈夫养活老婆，有得吃，有得穿，现在我们家倒好，倒过来要我养活你这个大男人。这像话不像话？要是靠你，我早就饿死了。算了算了，我们还是分开过，离了吧？"

朱买臣劝她："我朱买臣读书，自有我的道理，现在没有富贵，是机遇不好，到我五十岁的时候，总可以富贵了吧。你跟着我吃了不少苦，我也知道，可是今年我已经四十岁了，你怎么就不肯再熬几年呢？等我有了出息，我会好好报答你的。好不好？"

崔氏冷笑一声，气呼呼地说："不要再给我吃空心汤圆了，谁知道你会不会有出息？我不贪图你以后的富贵，我也吃不了今天的苦，我们夫妻的缘分今天算是到头了。"

朱买臣好话说尽，还是劝不过来，只好叹口气，给崔氏写了一封休书，两个人就此分了手。

崔氏走了以后，朱买臣只好一个人上山砍柴，不过他读书的习惯却还是不肯改，依旧一边走山路，一边背诵书本。

果然，五十岁那年，朱买臣到了京城长安，在同乡人的帮助下见到了汉武帝。汉武帝和他一交谈，觉得他学问很好，确实是个人才，就封他为大夫，不久又派他回会稽担任太守。

这下可不得了，当年的穷书生朱买臣居然当上了太守，要衣锦还乡了。消息一传开，全城的人都知道了，街头巷尾，茶余饭后，人们谈论的都是朱买臣发迹的事。消息传到崔氏耳朵里，她的心里好比打翻了五味瓶，甜酸苦辣咸，什么滋味都有。

却说崔氏离开朱买臣之后，曾经嫁过一个丈夫，后来那人又死了，所以她现在仍旧独自一人，日子过得很不舒服。想想当初的情景，心里确实有说不出的懊悔。

这天，新任太守朱买臣乘坐的马车在会稽大街上经过，崔氏不顾一切地扑上去，叩见她的前夫。

朱买臣一见，原来是崔氏，不觉地百感交集，问她："你来见我，有什么事吗？"

崔氏满脸通红，吞吞吐吐地说："以前的事都怪我不好，求你宽宏大量，再把我收下吧。"

朱买臣皱皱眉头，吩咐手下人端来一盆水，泼在马车前的街上，又指着流在街上的水，对崔氏说："如果你有办法把这水收回到盆里，我们就有可能重新做夫妻。"

这显然是办不到的事。崔氏朝朱买臣看了一眼，一句话也没说，晃晃悠悠地走了。这次受到的打击实在太大了，当天夜里，她就上吊自杀了。

【故事来源】

据汉朝班固《汉书·朱买臣传》译写。其实《汉书》中并无"马前泼水"的情节记述。而宋朝王楙(mào)在《野客丛书》卷二十八中讲述姜太公当年贫寒，他的妻子马氏因不堪其贫而离去，后来姜太公富贵，马氏要求回来。"太公取一壶水倾于地，令妻收之。乃语之曰：'若言离更合，覆水定难收。'"不知从何时开始，人们把这"马前泼水"的事附会到了朱买臣的身上。元朝无名氏《朱太守风雪渔樵记》杂剧、清朝无名氏《烂柯山》传奇故事和《马前泼水》传统剧等，都把这一情节说成是朱买臣的故事。历代文人多用"覆水难收""泼水难收"等典故比喻事成定局，不可挽回；用"覆地水""覆水"比喻既成之事或离异之人；用"买臣采樵"比喻一个人发迹前的贫苦生活；用"五十功名"比喻大器晚成。

 凿壁偷光

西汉时，东海郡承县（今山东枣庄峄城一带）出了个大文人匡衡。匡衡小时候家里十分清贫，没有钱送他进私塾读书，他就千方百计向别人家借书，刻苦自学。

匡衡的家里穷得买不起灯油，而隔壁有钱人家却每晚灯火辉煌。匡衡向邻居借支蜡烛，人家都舍不得借给他。

憋了一段时间后，小匡衡终于想出了一个巧妙的办法，不借蜡烛，借光总可以吧。有一天，他悄悄地在墙壁上凿开一个洞，到了晚上，隔壁人家的灯光就从这小小的洞口直射过来。从此，小匡衡每天夜里都蹲在洞口，借着隔壁射过来的灯光，贪婪地读起书来。

附近有一户大户人家，主人不识字，可是他的祖上却传给他几十柜的书。匡衡知道了之后，主动上门跟他商量，说是愿意替他帮工，做用人，也不要他付工钱。

天底下还有这种便宜事？这家主人觉得奇怪，便问他："你为什么要白白给我做帮工呢？还有什么条件，就直说了吧。"

匡衡很诚恳地对他说："我没有什么别的要求，就是喜欢读书。只希望在劳作之余，你能把家里的书陆续借给我读。我什么时候读完了你家里的书，就什么时候离开。"

主人听了这番话，十分感慨，觉得自己家里虽然儿孙满堂，却没有一人能像他这样勤奋好学，便一口答应了匡衡的要求。从此，匡衡就在这户人家帮工，白天卖力干活，夜晚埋头读书。等他把主人家的藏书全部读完时，也成长为一名大学者了。

匡衡对《诗经》的理解特别深刻，他的讲解深入浅出、见解独到。当时喜欢听匡衡讲解《诗经》的人很多，听到的人都会露出会心的微笑。当时民间流传着这么一句民谣："无说诗，匡鼎来；匡说诗，解人颐。"鼎，是匡衡小时候的名字，可见他的名声已经很大了。

匡衡的家乡有一位先生，也常常给人讲解《诗经》。匡衡打听到这位先生的住址后，就登门拜访，跟他切磋学问，一起研究《诗经》，后来又提出许多问题跟他辩论。这位先生辩不过他，有些难为情，慌慌张张地倒拖着鞋跟，朝门外逃去。匡衡拿着书追赶出去，一边追，一边喊："先生别走，你听我说，我们再继续好好讨论讨论吧。"

这位先生连忙说："我肚子里的学问全都搬出来了，实在没话好说，你就饶了我吧。"说罢，他头也不回地跑掉了。

后来，"凿壁偷光"这个故事流传下来，成为读书人勤学苦读的典范。历史上还有很多文人因为家里穷，想尽各种办法读书。西晋的孙康，在寒冷的下雪冬夜也坚持读书，由于买不起灯油，他就拿出书本到外面映雪夜读，天气再冷，也不停歇。当时还有个车胤(yìn)，一到夏天就去捉萤火虫，把几十只萤火虫集在一只白布囊里，放在书边，靠着萤火虫发出的亮光读书。南朝齐时的江泌，每当月亮升起的时候，就拿起书，爬到自家的屋顶上去读。有一次，他实在太疲倦了，就打了一个盹，结果从屋顶上滚了下来，幸好屋子不高，没有摔伤。他竟然拍拍尘土，又爬回屋顶上，孜孜不倦地继续读起书来。这几个人，后来都跟匡衡一样，成为很有学问的人，受到了大家的尊重。

【故事来源】

据东晋葛洪《西京杂记》（托名刘歆撰）卷二译写。后面几则小故事分别取材于《尚友录》《晋书·车胤传》《南史·江泌传》。

 卜式捐献

汉武帝的时候,河南有个农民,名叫卜(bǔ)式。父母早逝,他靠种田和牧羊支撑着家庭,把小弟弟拉扯成人。

一天,卜式对弟弟说:"如今我们可以分家了。田地、房屋、财产全都分给你,我只要这一百来头羊就够了。从今以后,我进山放羊,你在家好好种田吧。"亲戚们都劝卜式,说这样分家不公平,弟弟分得太多了。卜式却坚持自己的意见,赶着这一百来头羊进了山。

一晃十多年过去了,卜式起早摸黑,辛苦劳作,把原先的一百来头羊发展到了一千多头,自己也造起了房屋,添置了一些田地,日子过得很红火。而他的弟弟却因为不会当家理财,竟把原先分给他的家产都败光了。卜式知道了以后,常去看望弟弟,几次把自己的财产分给他,劝他好好过日子。

那个时候,汉朝正在跟匈奴打仗,边境上很吃紧,国家要修筑边防工事,还要养很多军队,财政渐渐有些入不敷出。卜式知道后,上书汉武帝,表示愿意捐献出一半家财,资助边防。

汉武帝觉得很奇怪,就派使者去找卜式,了解一下卜式为什么要捐献。

使者到那里一看,卜式原来是个普通老百姓,每天起早摸

黑，放羊种地。他也觉得很奇怪，就问他："你想要做官吗？"

卜式摇摇头："我从小放羊种地，不习惯官场里的生活，我不想做官。"

"喔，那么，你是不是遭到了什么冤屈，要向皇帝申诉呢？"

卜式又摇摇头，说道："我一生与人无争，乡亲们都跟我关系很好。谁家没有钱了，我就借给他；谁做错了事，我就劝说他；四乡八里的人都听我的话，我卜式怎么会有冤屈呢？"

使者弄不懂了，只好直截了当地问他："这也不是，那也不是，那你为什么想捐献呢？你到底想要什么，就直说了吧。"

卜式说："这还要说吗？如今国家跟匈奴打仗，这不是皇帝一个人的事，老百姓也应该一起来挑这副担子。有本领的人上前线打仗，有财产的人就应当捐助财产，大家齐心协力，我们的国家才能够富强起来。"

使者回到长安，把卜式的话原原本本地说给汉武帝听。汉武帝又去跟丞相公孙弘商量。

谁知道公孙弘死活也不相信卜式的话，振振有词地对汉武帝说："俗话说，人不为己，天诛地灭。一个普通的老百姓，偏要捐献一半家财来资助边防，这种事情我从来没有听说过。卜式这个人好出风头，有点不安分，要当心他要弄阴谋，陛下还是留神一点为好，别去理他。"

汉武帝听公孙弘这么一说，也犹豫起来，就把这事搁了下来。公孙弘怕出意外，索性命人把卜式看管起来，监视他的一举一动。过了好几年，看着什么事也没发生，这才取消了监视。而卜式呢，却根本不把这当一回事，还是跟从前一样，放他的羊，种他的地。

又过了一年多，骠骑将军霍去病两次出击匈奴，斩获四万多人。匈奴浑邪王又带领数万人投降汉朝，朝廷把这数万人都安置在边塞一带。这样一来，朝廷花费浩大，国库空虚，财政越来越困难。卜式知道了这事，又一下子拿出二十万钱，交给河南太守，说是用来作为安顿移民的开销。

河南太守向朝廷上报了这件事。一看到奏折，汉武帝想起了卜式当年的事，不由得感慨万千地对大臣们说："这个卜式确实是个好人。当年他要捐献一半家财资助边防，朕没有答应。这一次他到底还是捐了。"于是，汉武帝下令赐给卜式驻边士卒四百人。

卜式说："我是个放羊种地的人，要这么多士卒有啥用？"他又把士卒如数还给公家，让他们到边防出力。

汉武帝知道了这事，很是感动，觉得这个卜式真是与众不同。财主们生怕朝廷向他们征税，个个都争着隐瞒财产；卜式非但不隐瞒，反而一再主动捐献。汉武帝认为这种人应当表彰，于是下令封卜式为中郎，赐左庶长爵位、十顷良田，并通告天下，表彰卜式的高尚品德。

卜式再三推辞，说自己不会做官，只会放羊种地。汉武帝笑着对他说："朕在上林苑里放牧着不少羊，正缺一个好把式呢，你就替朕放羊吧。"就这样，卜式当上了这个专管放羊的中郎，一天到晚，穿着布衣草鞋，认认真真地放牧羊群，一点也不像个做官的。过了一年多，上林苑里的羊全都被养得肥肥胖胖，还添了许多羊羔呢。

一次，汉武帝路过牧羊的地方，对卜式养羊的经验大加赞赏，问他有什么诀窍。卜式说："其实也不单是放羊，管理百姓不也是这么个道理吗？让他们按时活动，按时休息，吃得饱，睡得

安稳,发现恶劣的就除掉,可别让它害了一大群。"

汉武帝觉得卜式的话不同一般,很有见地,任命他做缑(gōu)氏的县令。果然,几年下来,缑氏的百姓人人称赞卜式。后来,他又被调至成皋县,担任那里的县令,负责漕运,事情办得也很出色。汉武帝觉得卜式是个难得的人才,朴实忠厚,就派他去协助自己的儿子齐怀王刘闳(hóng)治理齐国,后来又封他为相。

【故事来源】

据汉朝班固《汉书·卜式传》译写。

苏武牧羊

汉朝的时候,有个名叫苏武的官员,被匈奴人扣留了十九年,吃尽了千辛万苦,却始终保持着爱国气节。他的高尚情操和生动事迹流芳百世。

这话要从汉武帝天汉元年(公元前100年)说起。那时候,匈奴新即位的王——且鞮(jū dī)侯单(chán)于怕汉朝军队乘机向他们进攻,主动把原先扣押在匈奴的十名汉使全部送回中原,以示友好。汉武帝这时也不想再打仗了,就派遣中郎将苏武出使匈奴,将扣留在汉朝的匈奴使臣也送回去。

这天,苏武手持使节*,和副使张胜、随员常惠一起,率领一百多名士兵从京城长安出发,一路上披风沐雨,跋山涉水,好不容易才到达匈奴的地方。且鞮侯单于见汉使态度十分谦和,又带来这么多礼物,心里十分高兴;又听苏武说,汉武帝希望双方从此永息干戈,和平相处,就越发有些飘飘然起来,还以为汉朝害怕匈奴,来巴结他呢。

正当匈奴要派人送苏武他们回国的时候,发生了一件意外的事情。

几年前汉朝使者卫律叛国投敌,这时他已是匈奴的丁零王。他的助手虞常时常觉得在那里不是个滋味,就和一些被迫投降匈

> 使节
> 古代使臣使用的信物,用竹子做成,上面饰有牦牛尾,所以又称为旄(máo)节。

奴的人一起秘密商议，要把单于的母后劫持到汉朝去，迫使单于向汉朝称臣。这样一来，他们就可以回到中原了。这次见苏武一行到匈奴来，就觉得这是起事的好时机。虞常原先在中原时，跟张胜很熟悉，就连夜去拜访他，把自己的密谋全说了出来。张胜一听，满口答应虞常的要求，又送了些东西给虞常，准备密切配合他们起事。

　　过了一个多月，虞常联合了七十多人发难起事。不料其中一人动摇了，连夜逃走，还把起事的消息泄露了出来。这一下可不得了，单于那边先发制人，经过一场搏斗，虞常当场被活捉，他手下的人死的死，伤的伤，全军覆没。

　　虞常没有按约定时间跟张胜接头，张胜已经预感到会出事，后来又听说单于派丁零王卫律在审理一个重大案件，就越发觉得情况不妙。张胜担心自己跟虞常的谈话一旦被揭发出来，会有生命危险，就找苏武把这件事的前因后果一五一十地说了出来。

　　苏武一听，大吃一惊，心想："我们是代表国家来出使的，一举一动都得稳重才是，怎么能做出如此鲁莽的蠢事来呢？万一虞常招供，不但张胜要受审，自己也会被牵连，更重要的是，这会影响到汉朝和匈奴的关系，后果不堪设想！"

　　苏武考虑再三，最后从容地整理好衣冠，神色庄严地对大家说："我们是为了和匈奴修好，才出使到这里的。副使张胜违背朝廷旨意，闯下了弥天大祸。现在事情到了这个地步，两国的邦交势必遭到破坏，我有何面目回去？要是被胡人当作罪犯而凌辱致死，还不如早图自尽的好！"说罢，他当场拔出佩剑，向自己的脖子上划去。张胜、常惠等人见了，急忙上前夺下佩剑，死命拦住。

　　果然，虞常经受不住酷刑，供出了当初与张胜谈话的事。且鞮侯单于立即召集匈奴的贵族王公商讨，准备将苏武等人全部处死，断绝与汉朝的来往。

侍从官左伊秩訾(zī)却不同意单于的做法，他说："苏武是堂堂大国的使者，做事一向稳重，不至于如此草率莽撞。依我分析，这事十有八九是张胜背着苏武干的。而且这事只凭虞常一人口供，没有别的事实，也不好定罪，还是让他们投降吧。否则，今后还怎么跟汉朝交往呢？"单于想想也有道理，便派卫律去劝说苏武投降。

苏武一见卫律来劝降，不由得勃然大怒，一拍桌子，厉声呵斥道："无耻叛徒，快给我滚开！"他随即转过身去，对常惠等人说："丧失民族气节，辱没国家使命，即使活着，还有什么面目回去见天子！"说罢，他随手拔出佩剑，向脖子上一划，顿时鲜血直流。边上的人连忙上前把苏武的剑夺来，一面赶紧派人去找大夫。

大夫赶到时，因为流血过多，苏武已经昏迷不醒了。经过一番紧张的抢救，他终于喘过气来，朝卫律狠狠地瞪了一眼，又昏迷了过去。

卫律把这事报告了单于。单于很钦佩苏武的气节，一面早晚都派人带着礼物去慰问，一面又把张胜逮捕入狱，严加审讯。

不久，苏武的伤好了，单于又让卫律去劝降。苏武还是不答应，又把卫律严厉地训斥了一顿。

一天，卫律将虞常和张胜从监狱里押上公堂，并假惺惺地请苏武一起来审讯。卫律装模作样问了一阵后，霍地站起来宣判："虞常图谋不轨，阴谋行刺大臣，劫夺国母，罪恶滔天，按律枭首示众！"说完，他命令武士将虞常押出公堂，斩了。

卫律接着又说："汉使张胜，胆敢勾结乱贼叛国，谋害单于的

亲近大臣，处以极刑！不过，如果你能投降，可免罪不杀！"话音刚落，旁边的士兵就举剑佯装向张胜劈去。张胜早已吓破了胆，"扑通"一声跪在地上，连声说："愿降！愿降！"

卫律得意地看了苏武一眼，厉声说道："苏武听着！副使有罪，正使罪当连坐。你要是投降，免你罪责；如不投降，格杀勿论！"

苏武手持使节，义正词严地驳斥道："我既未参与密谋，我有何罪？张胜又不是我的亲属，为何连坐？真是岂有此理！"

卫律瞠目结舌，不知该说什么，再次拔出刀来要杀苏武。苏武端坐不动，神色自若，两眼炯炯有神，像两道明亮的闪电直穿卫律的肺腑。卫律不禁打了个寒噤，无可奈何地压低声音劝说起来："单于非常器重你，你要是能归顺，明天就会跟我一样，有享不尽的荣华富贵；倘若执迷不悟，就会白白送死。等有人知道你这一片忠心的时候，你的尸体早已被沙土盖上了。这是何苦呢？"

苏武厉声骂道："你是汉朝的臣子，竟然背叛祖国，还有什么脸面来见我！现在双方百姓都愿意世世代代地友好下去，你却从中制造是非，使双方君主相斗、百姓遭殃，你难道没有一点人性吗？我苏武是决不会叛国投敌的。你要是想使汉朝与匈奴互相攻击，那么匈奴的失败和灭亡，将从杀我苏武开始！"

卫律原想用这个办法迫使苏武投降，现在看来还是没有用，只好去向单于报告。单于看看威胁不成，就用金钱美女和山珍海味来引诱苏武；利诱不成，又把他放到大漠北边的一个地窖里，断绝一切供应，逼他屈服。

三天三夜过去了，饥饿和寒冷折磨得苏武头昏眼花，一点力气也没有。但他还是清醒地激励自己："宁愿饿死冻死，也决不归顺！要死，也要死在故国的土地上。我一定要活下去！"一位匈奴将军冒着大雪，跑进窖里，劝苏武吃一点东西，也被他当场拒绝。

地窖门顶的隙缝中落下来大片雪花，苏武捧起白雪就吞咽，又将白雪和着毡毛，塞进嘴里咀嚼，靠这些来维持生命。过了几天，那个匈奴将军又跑来了，再次劝他投降，但还是遭到了拒绝。

匈奴单于和王公们得到这个消息，不禁惊呼苏武是"天神下凡"。但是单于还是不肯放他回国，又派一队卫兵把苏武押送到北海（今天西伯利亚的贝加尔湖），去牧公羊。临行时，单于对苏武说："你想回汉朝，就得等到公羊产羔，可以给羔羊喂奶的那一天了。"

到了北海，单于断绝了苏武的一切供应，苏武只好靠捉野鼠、挖野菜来充饥，用羊皮和树皮来御寒。有几次，苏武为了救护羊群，差一点被野兽咬死。有几次，他在雪地里又冻又饿，差点断了气。他的手里总是握着从长安带来的使节，使节是故国的象征，每当看见使节，他就想起故国和亲人，增添活下去的勇气。他一次次地排除危难，战胜死神，硬是活了下来。十多年过去了，单于要苏武归顺匈奴的阴谋始终未能得逞。最后，他不得不请李陵出面，劝说苏武投降。

却说李陵和苏武原先是好朋友。苏武出使匈奴的第二年，汉朝跟匈奴开战，李陵率五千步兵出征，被匈奴三万骑兵围困，他英勇奋战，终因寡不敌众而被俘，后来就投降了匈奴。李陵到了北海，声泪俱下地向苏武诉说汉天子如何孤恩寡义，随意杀戮他的眷属；说苏武出使匈奴之后，苏武又是怎样家破人亡，妻离子散。李陵想以此来打动苏武的心，谁知道苏武却毫不动摇，几次打断李陵，斥责李陵叛国投敌。苏武慷慨激昂地说："我是汉朝人，就是赴汤蹈火，肝脑涂地，也要效忠我的祖国。朝廷负我也罢，别人不了解我也罢，我决不做对不起祖国的事。单于一定要我投降，请等我喝完这杯酒，死在你面前吧！"说罢，苏武拔出刀来就要自刎。

李陵大惊，急忙拦阻，又拜倒在地，哭着说："义士！义士！我和卫律，真是罪恶滔天啊！"苏武扶起泪眼蒙眬的李陵，一句话也说不出来。他们就这样默默地分开了。

不久，汉武帝死去，昭帝即位。匈奴那边新继位的壶衍鞮单于鉴于国力衰落，内乱频繁，不得不向汉朝求和。汉朝派使臣到匈奴，表示愿意通好，但要求匈奴放回苏武等人。壶衍鞮单于觉得不好办，竟撒谎说苏武等人已经死了。

后来汉朝又派使者到匈奴。常惠得到消息后，冒死设法会见汉使，向他说明真相，请求朝廷搭救。汉使听后，被苏武那大义凛然、坚贞不屈的爱国行为深深打动，他们商量着与单于交涉的计谋。

第二天，单于设宴款待汉使，汉使又提出了交还苏武的事。单于说："苏将军已经亡故多年了。"汉使摇摇头，义正词严地说："就在我出使的前一天，我大汉天子在上林苑打猎，射到一只大雁，雁脚上缚着一条白绢，上面是苏武亲笔写给皇帝的信，信里说他在北海牧羊，时刻思念故土。你怎么说他已经死了呢？如果不把苏武和所有随员交还我们，一切后果由你们负责！"

单于被说得满脸通红，只好承认苏武在北海牧羊的事实。

苏武出使时，他的随员有百余人，到汉昭帝始元六年的春天，也就是公元前81年，跟他一起回国的只剩下常惠等九人。苏武被扣在匈奴一共十九年，离国时才四十岁，身体很强壮，回国时头发胡须都白了。他手里持着的使节,上面的牦牛尾巴早已脱得精光,他却依旧将它高高举起。人们看到这位赤胆忠心、顶天立地的老英雄,或是听到他在北海牧羊历尽千难万险的故事,都会被他崇高的民族气节感动得热泪盈眶。

【故事来源】

据汉朝班固《汉书·李广苏建列传》译写。

黄霸智断争儿

西汉年间,颍(yīng)川郡这个地方有一户有钱人家,兄弟两人虽已成了家,但还是住在一起。那一年,妯娌俩同时怀了孕,兄弟俩高兴得不得了,对自己的老婆照顾得很是周到,都眼巴巴地盼着老婆给自己生个大胖小子。

谁知道天有不测风云,人有旦夕祸福。做嫂嫂的一不小心,伤了胎气,流产了。这事可不得了!古话说,不孝有三,无后为大。再说,要是将来弟弟有儿子,哥哥没儿子,继承家产的时候,哥哥家岂不是要吃大亏吗?老大夫妻两人关起房门嘀咕了好一阵子,不知怎么地就想出了这么一个歪点子。嫂嫂不动声色,照旧挺着大肚子。弟媳妇分娩的那天,嫂嫂也大喊肚子痛。接生婆请来了,哥哥暗中塞给接生婆一大笔银子,指使她悄悄地来了个"调包计",把弟媳妇刚生下的孩子给夺了过去,变成了他们的孩子。

俗话说,纸包不住火,这事最终露出破绽来了,弟弟和哥哥因此大吵了一场。看着光是在家里吵架也解决不了问题,弟弟要打官司,索性把一张状纸送进了衙门。这官司一打打了三年,公说公有理,婆说婆有理,谁也断不了。

那时候的郡太守叫黄霸,这个人十分聪明能干,后来当上了丞相。黄霸听说有这么一件事,就让人把那个小孩抱到堂前来,让小孩站在大堂中央，两边各画一条线。他一本正经地对这妯娌俩说："你们的官司拖了三年了，不好断，今天我要快刀斩乱麻，给你们断个水落石出。你们一人拉住小孩的一只手，都给我使劲地拉，看看谁的力气大，能够把孩子拉到自己身边，这孩子就是谁生的。"

说罢，他一挥手，就让妯娌俩在公堂之上拉孩子。做嫂嫂的想："拉就拉吧，这官司老是打下去也不是个办法，今天是乌龟爬门槛，但看此一回。"她死死地攥住孩子的手，咬紧牙关把孩子往自己身边拉。

弟媳妇却不一样，她起先也想拼命把孩子往自己身边拉，但一看见孩子的脸涨得通红，疼得大哭起来，她自己的眼泪也就簌簌地滴落下来了。她知道这孩子是自己亲生的，孩子是娘的心头肉，孩子痛得大哭大嚷，做娘的哪能不心疼？她把手一松，再也不敢使劲拉了。

两妯娌在堂上争儿的情景，黄霸看得一清二楚。他断喝一声，让手下的衙役先把孩子抱走，然后声色俱厉地对做嫂嫂的说："这孩子不是你的。你为了贪图家财，为了夺得一个儿子，把孩子拉伤了都不顾惜，这还像是亲生娘吗？今天我来做主，把孩子还给弟媳妇。"

兄嫂二人满面羞惭，只得低头认罪，灰溜溜地回家去了。

【故事来源】

据《太平御览》卷三百六十一引汉朝应劭《风俗通义》译写。元朝李行道的杂剧《包待制智赚灰阑记》把这个故事说成是包公的事迹了。

鲍宣埋书生

西汉末年,上党(今属山西)人鲍宣担任司隶校尉*这个职务,负责察举百官以下以及京师近郡犯法的人。他为人正直,品德高尚,好名声传遍四面八方。

鲍宣年轻的时候,有一次要到京城去呈报公务,一个人上了路。半路上,遇到一个读书人,也是孤身一人,于是两个人就结伴同行。

走着走着,那个书生忽然觉得胸口疼痛,双手捂着心,蹲在路边,头上冒出了黄豆大的汗珠。鲍宣一看,知道他得了急病,就连忙停下来,帮他按摩胸口。他们停留下来的地方,前不着村,后不着店,举目荒凉,不见一个人影,当然更不会找到大夫了。不一会儿,那个书生大叫一声,口吐鲜血,死在了路边。

事情发生得非常突然,鲍宣连他的名字都还没问呢,更不知道他的家在哪里了。他打开书生随身所带的包裹一看,里面有经书一卷、银子十块。鲍宣只好自作主张,取出一块银子,为他买了口棺材,入土安葬。入葬之前,鲍宣把剩下的九块银子全都安放在书生的头颈下面,把那卷经书放在书生的胸前。鲍宣还特地为这个坟墓做了记号,以便日后可以寻找,然后对着坟墓哭了一场,说道:"行色匆匆,不能把葬礼做得十分隆重,实在对不起

司隶校尉
汉武帝时,全国分为十几个州,每州设刺史一人,监察所属郡国;京师所在的州设置司隶校尉一职,职位略如刺史。

你。我奉命在身，必须立即赶往京城，只好跟你告别了。请你的魂灵设法告诉你的家人，让他们知道你安息的地方吧。"说罢，他磕了三个头，含着眼泪上了路。

到了京城，鲍宣办完公务，准备返回时，又发生了一件奇怪的事情。大路上奔过来一匹骏马，老是跟在鲍宣身后。鲍宣弄不懂了，牵着马去找马的主人，找来找去也找不到。有人听说有这种怪事，心存侥幸，想冒认这匹马，却总是被马踢倒在地，狼狈不堪。鲍宣找了好一阵子，还是找不见马的主人，心想："这马跟我有缘，我就先骑着它走一段路再说吧，将来找到马的主人，再还也不迟。"

这天，鲍宣骑着这匹马赶路，傍晚时分正好经过一个大户人家。鲍宣一看附近没有客栈，就敲开这家大门，请求借宿。

主人出来一看，原来是上党人鲍宣。他早就听说鲍宣道德高尚，于是很高兴地把他迎进去，为他安排食宿。

这时候，他家的仆人走了过来，悄悄地把主人拉到一边，神色慌张地说："这个人是个盗马贼，你可要当心啊！我们家几天前丢失的骏马今天又回来了，正是这个客人骑回来的，你说巧不巧？"

主人却不以为然，对仆人说："这位客人是上党有名的高士，怎么会盗马呢？这里一定有什么缘故，我会问清楚的，你先不要声张。"

吃过饭，主人和颜悦色地问鲍宣："客人骑的马很不错，你是怎么得到它的？"

鲍宣就把在路上遇到这匹骏马的经过说了一遍，主人觉得这事不可思议，就问他前不久发生过什么事情。鲍宣就把去京城的路上遇到一个书生，书生是怎么死的，他又是怎么埋葬的，一五一十地说了出来。

听完这些，主人大惊失色，忍不住泪流满面，哽咽着说："他就是我的儿子呀！"

于是，鲍宣领着主人去寻找书生的坟墓，取出棺木，运回家乡安葬。安葬时，他们打开棺材，看见那九块银子和一卷经书都完好无损地放在那里，一家人感动得不得了，说像鲍宣这样的诚实君子真是世上少有。他们一家人一起来到皇宫门口，向皇帝举荐鲍宣，请皇帝重用这样的高士。

鲍宣的声名由此大振，皇帝任命他为司隶校尉。后来，他的儿子和孙子也先后当上了司隶校尉。

鲍宣一家三代都做了大官，却始终保持朴素的本色。当时的贵族喜爱骑纯色马，而鲍家人骑的却一直是杂色的骢(cōng)马*。所以，当时京城长安流传着这样一首歌谣："鲍氏骢，三入司隶再入公。马虽疲，行步工。"意思是，他们虽然骑着的是很差的马，走的路却很正。

骢马
毛色青白相间的马。

【故事来源】

据《太平御览》卷二百五十引三国时期魏国曹丕《列异传》译写。晋朝常璩(qú)《华阳国志》里说的是《王忳(zhūn)埋书生》。唐代传奇又说有一个胡人到中原经商，临死时送一颗宝珠给一个书生，书生掩埋时又将宝珠放回胡人的口中。

薛宣判缣

汉朝时有个薛宣,做过宛句(今山东曹县一带)县令,后来被推荐为长安令,最后当上了丞相。薛宣聪明能干,办事公道,凡是经过他审理的案件,没有一桩不审得一清二楚的。

一次,临淮(今安徽凤阳县东)这个地方有一个人,拿着一匹缣(jiān)到市场上去卖。缣是一种双丝的细绢,织得十分细密,就是一盆水泼上去,也不会渗漏的,所以价钱比普通的绢要昂贵得多。谁知天公不作美,竟忽然下起大雨来。这个人一时无奈,就把手里的缣打开来,披在头上遮雨。

这时,后面赶上来一个人,可怜巴巴地喊着:"兄弟,兄弟,借借光,让我也挡挡雨。"

卖缣的人一回头,看见有人浑身上下被淋得像只落汤鸡,想着出门在外,应该相互照应着点才是,于是就毫不犹豫地把缣的另一头递给了那个人,让他也凑进来避避雨。

就这样,两个人合用一匹缣来遮雨,一边赶路,一边攀谈着,倒也不觉得寂寞。

不一会儿,雨过天晴,卖缣的人松了一口气,就动手把缣卷了起来。谁知道后来的那个人竟抓住缣不肯松手,还恶狠狠地说:"这是我的缣,你为什么要夺?!"

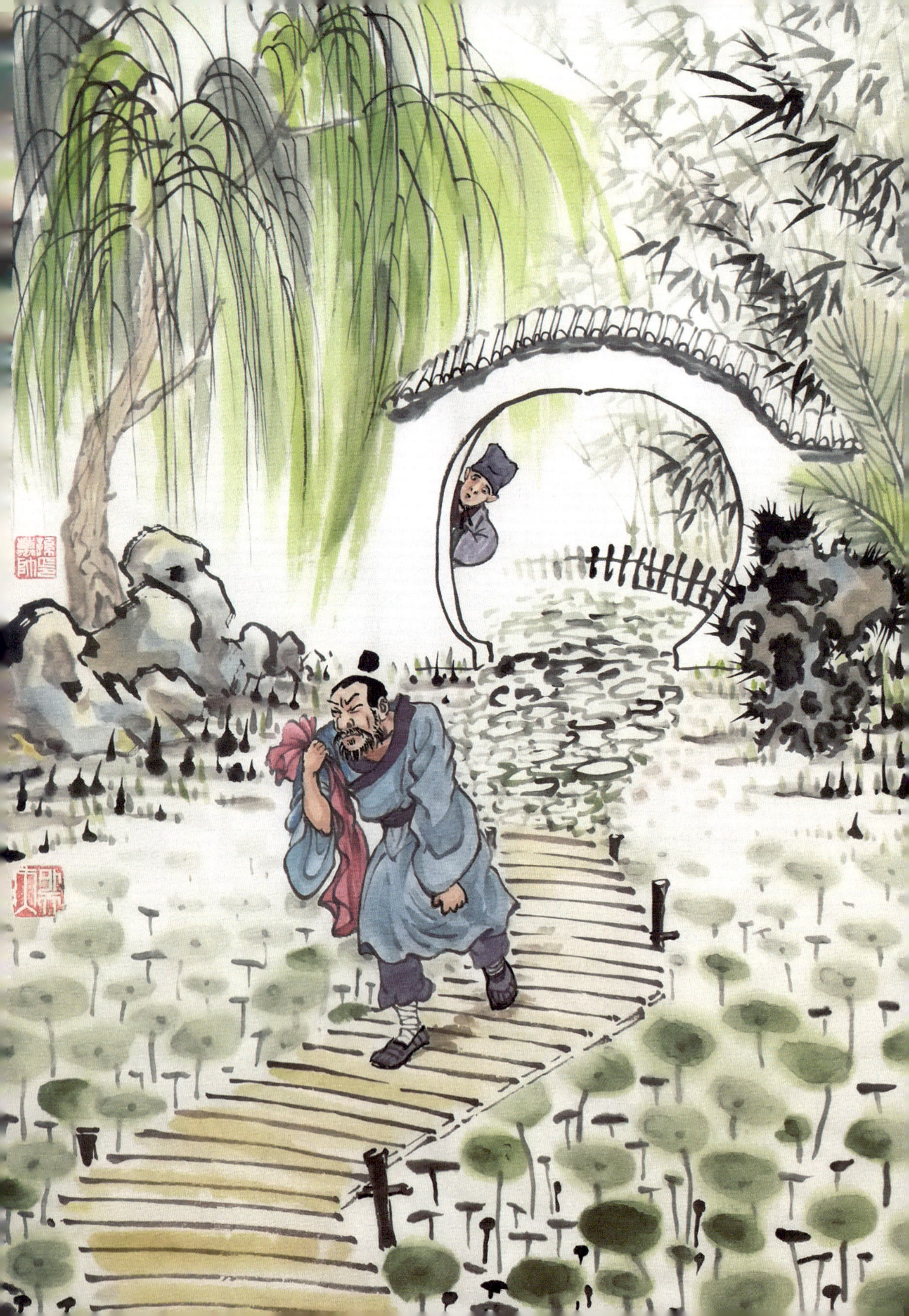

缣的主人大吃一惊，自然不肯相让，指着那人的鼻子，骂道："你这个人真不要脸！我刚才好心让你遮雨，你怎么得寸进尺？快松手，这匹缣是我的。"

"是我的！"

"是我的！"

两个人争吵起来，谁也不肯相让。过路的行人都围上来看，谁也说不出个所以然来。有人说："别吵了，还是到衙门里去找薛大人公断吧。"于是，两人拉拉扯扯，吵吵嚷嚷地上了公堂。

薛宣上堂断案，一审问，两个人竟然说得一模一样，说的都是："缣是自己的，半路上遇上了大雨，好心让对方也来避避雨，谁知好心不得好报，他连缣都想吞没了，这还了得？！务请大人明断，为小民做主。"

薛宣问他们两人，还有什么其他的证据吗？两个人都说："缣就是缣，织好了就是要去卖的，哪还有什么其他的证据？"

薛宣有些不耐烦了，一拍桌子，大声呵斥道："一匹缣顶多值几百个铜钱，有什么了不起的！吵得老爷心烦意乱，真是小题大做。好了好了，今天我做主，这匹缣一剪两段，你们两人一人分一半，再也不许吵了。退堂！"说罢，他理也不理，一拂长袖进了后堂。

薛宣手下的衙役当场将缣一剪两段，分给两人。其中一人连忙磕头，说"多谢大人明断"，就接过半匹缣，眉开眼笑地朝外走去。另外一人却眼泪汪汪，闷声不响地接过半匹缣，等到走出衙门，就忍不住发起牢骚来："还说是清官大老爷呢，清个屁！"

谁知道薛宣刚才只是用了个计策。他走进后堂之前，早已暗中吩咐手下的衙役要仔细观察，一路跟踪，看看这两个人到底有什么反应。当知道这两人的反应截然不同时,他明白了。他当即重新升堂,命令衙役把这两个人叫了回来。

薛宣对那个发牢骚的人说:"你骂得好,现在我来替你做主。"同时,他声色俱厉地对另一个人说:"你做的好事,还想蒙骗本官不成?!如果这匹缣真是你的,你拿了半匹,难道还会笑眯眯地称赞我'明断'吗?你这一笑,就露出狐狸尾巴了,还有什么好抵赖的!"

那个妄图诈骗的人被薛宣说得哑口无言,只好老老实实承认了自己的罪过,把那半匹缣交还给了主人。

【故事来源】

据《太平御览》卷四百九十六引汉朝应劭《风俗通义》译写。这个故事后来被人们移花接木地说成是"包公撕伞"。

董永卖身

汉朝时，千乘县（今山东高青县）有个青年人，名叫董永。董永六七岁的时候，母亲生了一场重病后就死了，他一直跟着父亲过日子。到了十七八岁的时候，他父亲也生起病来，家庭的重担就全压在他一个人身上。董永很是孝顺，起早摸黑，尽力耕作，从不叫一声苦。不论是下田干活，还是做其他什么事，他都用一辆小车载着父亲，与父亲在一起，对他嘘寒问暖，体贴入微。

后来，他的父亲也死了，家里一贫如洗，没有钱张罗丧事。董永扑在父亲身上大哭一场后，就径直到一个大户人家，对主人说："我愿意卖身给你。请你先把卖身钱给我，让我为父亲送葬，办完了丧事，我就来为你做一辈子的奴仆。我说到做到，绝不骗人，请你相信我。"

主人早就知道董永的为人，觉得他是个忠实善良的好青年，对他十分放心，就当场拿出一万铜钱，让他去办丧事。临走时，主人对他说："难得你是个孝顺的孩子，按照祖祖辈辈传下来的风俗，你应该在父亲的坟前守丧三年。你尽管放心去吧，把该做的事情都做好了，你再来。迟几年，也没有关系的。"

董永回家，为父亲办了丧事，又十分认真地为父亲守孝三年。三年期满，他老老实实地上了路，准备到主人家去做奴仆，抵偿债务。

半路上，董永遇见一个美丽的女子。两个人一边走，一边交谈起来。那个女子知道董永的身世后，对他很同情，主动说道："你心地善良，我愿意做你的妻子。"于是，他们两人请路边的一棵大槐树做媒人，在树下拜堂，结成了夫妻。

两人一起来到主人家。主人看见董永来了，很满意他的诚实，笑着说："三年前的那笔钱就算我送给你的，你回去吧。"

董永双手直摇，连声说："不行，不行！靠了你的恩惠，我父亲才能得到安葬，你又让我守了丧，尽了孝心，我感激还来不及呢。我虽然是个穷人，但人穷志不穷，说出来的话就一定会做到。我一定会勤勤恳恳为你干活，偿还欠你的债务。"

主人看见董永身边还有个女子，就问道："她是你什么人？"

"她是我的妻子。"

"喔，那她又会干些什么活呢？"

"她会织布。"

主人："如果你一定要用干活来抵债的话，那就让你的妻子替我织一百匹双丝细绢吧。织完了，你们夫妻就可以回家了。"

就这样，他们在主人家住了下来。董永的妻子织布的速度很快，别人几个月才能织完的活，她只用了十天工夫就全织好了，而且织出来的绢又细密又光滑，人人称赞。主人高兴得不得了，让他们回去了。

夫妻二人告别了主人，上了大路，走到当初拜堂成亲的大槐树下。那个女子忽然停住了脚步，依依不舍地对他说："我要走了，这是没有办法的事。老实告诉你吧，我原是天上的织女，只因为你非常孝顺，感动了天帝，天帝才派我下来帮助你偿还债务的。"说罢,她向空中飞去,越飞越高,越飞越高,最后终于不见了。

【故事来源】

据汉朝刘向《孝子传》和东晋干宝《搜神记》卷一译写。"董永卖身"是"二十四孝"故事之一,后世戏曲曲艺多有传唱,如黄梅戏《天仙配》,后又被改拍成电影。很多这个主题的艺术形式都是据此发展而成的。

田昆仑与白鹤女

从前,有个种田人,名叫田昆仑。他和老娘相依为命,生活穷困。田昆仑三十多岁了,还没娶老婆,老娘急得要命。

有一年秋天,庄稼成熟了。田昆仑高高兴兴到田里去收割庄稼,走到半路,远远看见有三个漂亮的少女,正在他家田地中间的那个水池子里洗澡。嗬!这倒是从来也没碰上过的事。

他蹑手蹑脚地走过去,想看个仔细,走到离水池子一百来步的地方,不小心踢着一块土疙瘩,发出了响声。洗澡的少女们发觉了,其中两个变成了两只白鹤,一下子飞到旁边一棵大树的树枝上,栖在那里,一个劲儿地向还在水池里磨蹭的少女打招呼,催她快点飞起来。田昆仑越发惊讶起来,索性趴在地上,悄悄地爬过去。

原来,这三个漂亮的少女是天帝的女儿。她们刚把天衣晾在树枝上,下到水池里去洗澡,两个姐姐听见响声就警觉地飞上了树,赶紧穿上了天衣,"扑啦啦"地飞上天去了。小妹妹的动作慢了一步,天衣就被悄悄爬过去的田昆仑攥在了手里。

这可怎么办?小天女只好躲在水池里,羞答答地说:"天衣被你拿去了,让我赤身露体的怎么走上来?好人儿,别闹了,把天衣还给我吧,让我穿上天衣,遮住身子,我一定到你家去,做你的妻子，你说好不好？"

田昆仑一见小天女就喜欢上她了，还真想娶她做妻子呢。这时候，他忽然多了点心眼，生怕天女穿上天衣也会飞走，就对天女说："天衣可不能轻易还给你，倒不如我把我的衣衫脱下来给你穿，我俩就结成夫妻吧。"

天女红着脸，哪里肯答应，一个劲儿地缠着田昆仑讨还天衣。田昆仑一心要娶她，怎么肯放过这么好的机会，死活不肯。天女看看实在捱不过去了，只好低着头说："你这个人真坏，那就快脱件衣衫给我吧，水里好冷哪。"

田昆仑高兴极了，赶紧把天衣卷成一团，先藏在一个十分隐蔽的地方，然后脱下自己的衣衫，扔给了天女。

天女披上衣衫，上了岸，忸忸怩怩地对田昆仑说："你这个人真是的。我已经答应做你的妻子了，你还怕什么？快把天衣拿出来还给我，我一定会跟你走的。你要是还不放心，就拉着我的衣角不放，我就逃不掉了。"

田昆仑朝她笑笑，还是不肯把天衣还给她，拉着她的手回了家。老娘一见这么漂亮的姑娘，高兴得整天合不拢嘴，她匆忙操办起婚事，请来亲戚朋友和街坊邻居，热热闹闹了好几天。

新娘子虽说是天帝的女儿，却没有一点架子，又勤劳、又温柔，待婆婆也十分孝顺，把小家料理得井井有条，谁见了都夸上几句。小夫妻俩你敬我爱，甜甜蜜蜜地过日子。一年以后，儿子出生了，五官端正，聪明伶俐，取名叫田章。

后来，田昆仑出远门去做生意，说好一年就回来，谁知道一去就是好几年，一直杳无音讯。田昆仑走了之后，天女留在家里抚养孩子，照料婆婆。刚开始倒也没啥，时间一长，难免就有些想家了。在儿子田章三岁那年，天女实在忍不住了，对婆婆说："阿婆啊，媳妇本是天女，当初从天上飞来的时候，穿的是阿爷给我做的天衣。那时候我还小，一晃好几年过去了，不知那天衣还合不合身？你就拿出来让我试一试吧。哪怕就只看上那么一眼，我也甘心了。"

媳妇一向待婆婆很好，如今提出这么个要求，也不算过分，婆婆能忍心拒绝吗？但这事毕竟重大，她一个人可做不了主。儿子临走时的情景，她可是一直记得清清楚楚的。

当时，儿子拿着天衣对她说："娘，这是你媳妇的天衣，你一定要找个地方好好把它藏起来，千万不能让她瞧见了。万一她知道了藏衣的地方，穿上天衣飞走了，你可就没有这么好的媳妇啦。"娘俩翻来覆去商量，觉得家里这房子里里外外没有一处地方靠得住。最后，娘俩决定在老娘睡觉的床脚底下挖一个洞，把天衣放进去。婆婆心想：自己一年到头都睡在这天衣的上头，难道还怕媳妇偷走吗？就这样，田昆仑亲手挖洞，亲手藏天衣，一切都弄妥帖了，才安安心心地出了门。

现在，阿婆听媳妇要看天衣，怎么敢答应呢？媳妇好说歹说，她就是不肯把天衣拿出来。

天女想回儿时的家，那可是谁也劝不住的。从此，她老是神思恍惚，闷闷不乐，干起活来丢三落四，像丢了魂似的，饭也吃不下，觉也睡不着，一天到晚哭哭啼啼，老是缠着阿婆要看一看天衣。阿婆被她缠得实在没办法了，看着媳妇变得面黄肌瘦，也怪可怜的，就不忍再伤她的心了。婆婆叹了口气，说道："你先到门外去吧，过一会儿，等我安排好了，就来喊你进屋。"

天女出了门，阿婆从床脚下的洞里取出天衣，喊天女进屋。

然后，她关上了门，小心翼翼地把天衣拿出来给天女看。天女一见天衣，心情非常激动，眼泪忍不住簌簌地流了下来。她原想穿上天衣飞走，可一看四周的情形，门关得紧紧的，哪里飞得出去呢？没办法，只好把天衣又重新还给阿婆，千叮咛，万嘱咐，请阿婆把天衣藏好。

又过了十多天，天女想家的心绪还是解脱不开，就又去求婆婆："阿婆，让媳妇再看一眼天衣吧，求求你了。"

阿婆为难地说："咳，你万一穿上天衣飞走了，撇下我和一个小孩子，我们可怎么活呀？"

天女连忙说："不会的，不会的。虽说我是天女，可如今已经进了你们田家的门，又生了这么个儿子，我怎么舍得走呢？好阿婆，你尽管放心，让我再看一眼吧。"

老人家心软，就又把天衣拿出来给她看了。阿婆生怕媳妇飞走，站在堂门口，牢牢地守住大门。

天女一穿上天衣，儿时在天宫里的种种情景一一浮现在眼前，她心乱如麻，泪如雨下，心酸极了，忍不住抱起三岁的儿子亲了又亲。她舍不得亲生骨肉，却又想回家，在屋里兜了好几个圈子，才横下一条心，把孩子朝地上一放，从窗口飞了出去。

阿婆没想到儿媳妇会这样，想扑过去拉住她，却已经来不及了，再赶出大门想追上去，天女早已飞上了天空，越飞越高，越飞越远，不一会儿就无影无踪了。阿婆心里真不是滋味啊，她捶胸顿足，号啕大哭，哭声一直传到了九霄云外，也没有把天女唤回来。

天女飞回天宫后，却又时刻思念自己的儿子，常常一个人坐着掉眼泪。两个阿姐骂了她一通后，不觉又叹了口气，对她说："好了好了，老是这么哭下去，连我们也要哭了。明天我们陪你再到那个地方去玩，一定能见到你那宝贝儿子的。"

再说田章长到五岁，也有些懂事了，整天缠着奶奶要妈妈，后来又一个人跑到田野里去哭个不停。这时候，有个叫董仲的，他是董永和天女生的儿子，正好路过这里，知道田章也是天女的儿子，就走上前去拍拍田章的肩膀，笑呵呵地对他说："别哭，别哭。你娘会来看你的。明天中午，你到这水池边上来看吧，有三个阿姨穿着雪白的裙衫走过，其中有两个会抬起头来看你，一个低着头假装不看你。那个假装不看你的就是你的亲娘。"

田章不哭了，把董仲的话牢牢记在心里，第二天中午就守候在水池子边上。不一会儿，果然来了三个穿白练裙衫的女人，她们在水池边上挖野菜。两个大一点的看见田章，知道是小妹的儿子，就悄悄地对小妹说："喂，你的宝贝儿子来啦。"

小妹的脸蛋涨得通红，想去认，又不敢认，强忍着不看孩子。田章却早已哭着奔了过去，扑在娘的怀里，大声喊着："阿娘！"

到底是自己的亲生儿子哪，怎么舍得不认呢？小妹终于忍不住了，一把抱住田章，眼泪唰唰地流了下来。三姐妹彼此望了望，点点头，心照不宣地用天衣裹住了孩子，把他一起带上了天。

天帝一见田章，就见这孩子浓眉大眼的，又是自己的外孙，挺喜欢的，就把他留了下来，亲自教他读书写字。

田章在天上才过了四五天，人间可是过了十五年啊。有一天，天帝对他说："你是凡人，总得回到人间去做事才好。我这里有八卷文书，全送给你。你拿回去好好读，读懂了这八卷书，天下的事就全知道了。不过，如果你到朝廷去，说话办事可得小心谨慎才是啊。"

于是，田章告别了母亲和外公一家人，回到了人间。几年之

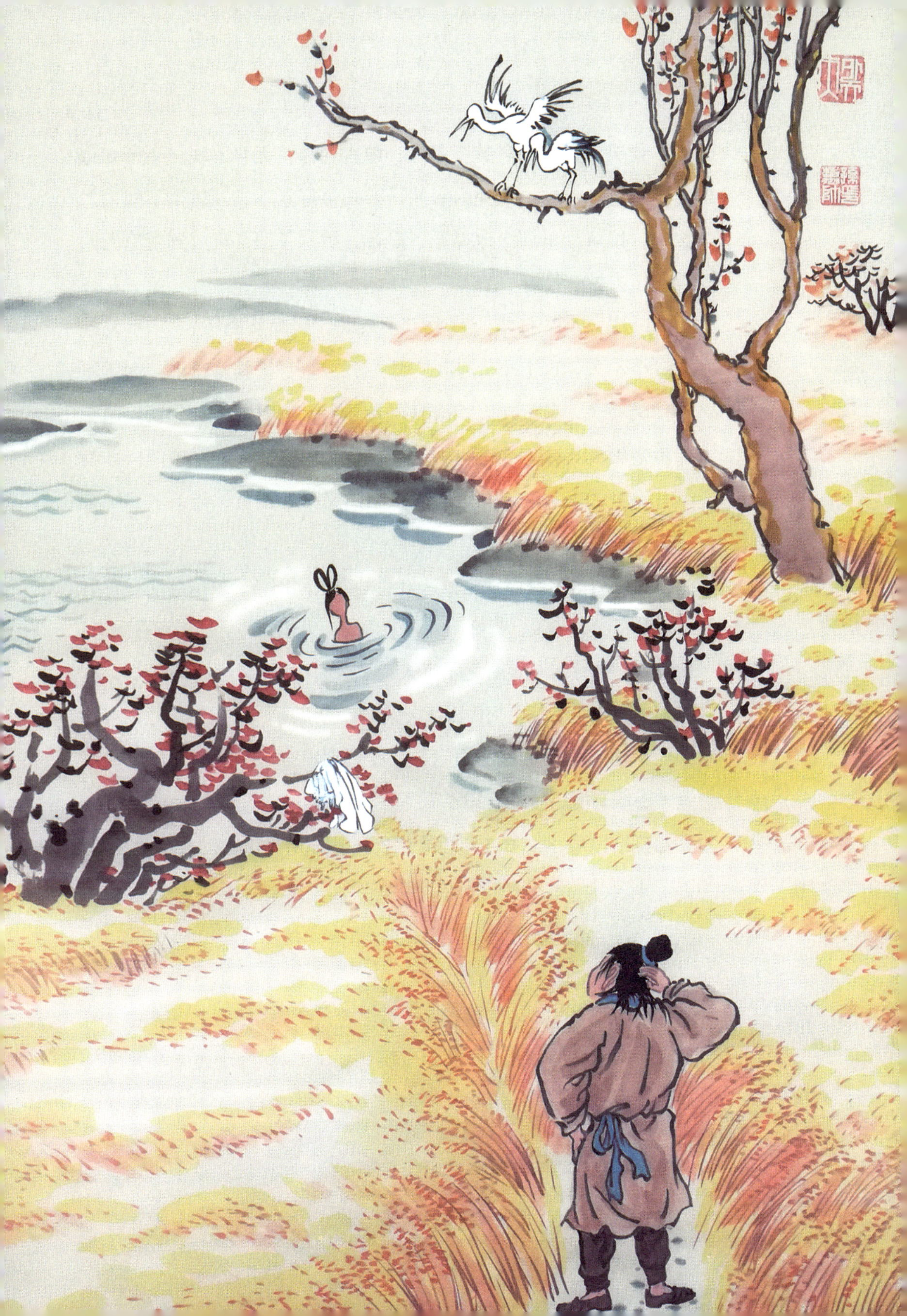

后，他成了远近闻名的读书人，博古通今，无事不晓。皇帝知道了，就把他召去，封他为宰相。谁知道好景不长，后来不知道怎么地，田章糊里糊涂地得罪了皇帝，被判了刑，流放到荒凉的西部边境去做苦役。

一次，皇帝打猎，射中了一只鹤，厨师从鹤嗉(sù)*里发现了一个小人。这个小人身长三寸二分，全身披挂着盔甲，大骂不休。又一次，皇帝在野外拾到一颗牙齿，也有三寸二分长。这颗牙齿坚硬无比，怎么砸也砸不碎。皇帝问文武百官，这两样怪物是什么？大家都说不知道。后来朝廷又张榜招贤，让天下百姓来认，还是没人来揭榜。

文武百官一商议，觉得这事还是得去问田章，就联名向皇帝启奏。皇帝没办法了，只好派人骑上快马，火速到边境把田章召回来。田章说，那牙齿是黄帝之子巨人秦故彦的，那个小人叫李子敖，他把相关的来龙去脉也交代得十分清楚。皇帝听了，连连称好，索性又问了他几个稀奇古怪的问题，没想到田章一一对答如流。皇帝这才心服口服，重新让田章做了官。

打这以后，大家才知道聪明的田章原来是天女的儿子。

【故事来源】

据敦煌石窟藏书句道兴撰的《搜神记》译写。这是一则著名的天鹅处女型故事（以男子通过窃取仙女羽衣而得妻为主题的故事）。在阿拉伯的《天方夜谭》故事里，《巴索拉银匠哈桑的故事》跟它很相似。

---

*嗉
嗉囊是鸟类消化器官的一部分，在食道的下部，像个袋子，用来储存食物。

严子陵钓鱼

西汉末年,会稽余姚(今属浙江省)这个地方出了个很有名望的人,名叫严子陵。他的文章和道德都受到了人们的颂扬。

据说,东汉光武帝刘秀年轻时和严子陵是同窗好友,两人一起读书,切磋学问,很是谈得来。后来,刘秀当了皇帝,知道底细的人都去劝严子陵,说你的同窗坐上金銮殿啦,你去跟他要个一官半职,就好比三个手指头捏田螺,实在太容易了!可是严子陵却跟他们想的不一样,他非但没去找刘秀,反而把自己的姓名也改掉了,到民间藏匿起来,谁也不见。

这时候,刘秀却想念起自己的老友来了。他觉得严子陵是个很有才能的好人,跟自己手下的大臣们比起来,他要高出好大一截呢,于是就派人到民间寻访。临行前,刘秀把严子陵的相貌详详细细地跟使者说了一遍,要他们务必细心寻访,一定要把严子陵请到京城来不可。

后来,有人报告,说是看见一个男人,常常披着羊皮袄,在水边钓鱼。刘秀仔细一问,觉得那人很可能就是严子陵,就立即派使节带着圣旨,备起华贵的车辇(niǎn)*,专门去请他。一连请了三次,严子陵看着推辞不掉,才不得不进了京城。

刘秀一看,老友来了,高兴得不得了,请严子陵住在军营

车辇
古代用人拉着走的车子,后来多指天子或王室坐的车子。

里，为他安排了十分讲究的客房。客房地上铺的是地毯，床上铺的是非常讲究的被褥，一日三餐也全是山珍海味，招待得十分周到。

有个名叫侯霸的人，和严子陵也十分熟悉。这时候他已经当上了司徒，官职高了，架子也大了，心想："严子陵再怎么了不起，也只是一介布衣，皇帝高兴了，就算赏他个官做做，也做不到司徒这样的大官。既然他来了，我不见也不好，看在皇帝的面子上，请他来叙叙吧。"于是侯霸就派人送信给严子陵。

派去的人大大咧咧地对严子陵说："我家大人听说先生进京了，很高兴，本来是要来拜访你的，可公务实在太繁忙，抽不出身来。大人吩咐了，请你在黄昏时分，到司徒府去叙谈叙谈吧。"

严子陵这时候还在睡觉呢，见来人了，就蹲在床上，把侯霸的书信当场拆开来，草草地看过一遍，笑微微地对来人说："侯霸我是认识的，他小时候有点痴呆，多年不见，如今当大官了。他的老毛病好点了吗？"

来人弄不懂了，心想：侯司徒是十分精明的人，小时候怎么会痴呆呢？可是，他还是恭恭敬敬地回答道："侯大人官拜司徒，在百官之上，怎么还会痴呆呢？"

严子陵忍不住哈哈大笑起来："你说他不痴，他刚才不还在说痴话吗？你想想看，皇帝请我，都要连请三次，我才肯来。我连皇帝都不想见，为什么非要去见他不可呢？"

锣鼓听声，说话听音。来人知道严子陵不肯去，只好求他写封回信，自己也好有个交代。严子陵推说自己的手这几天犯病，不能握笔写字。于是他随口说了那么几句，让来人记下来，带话回去。

严子陵口授的信，大意是这样的："听说你做了很大的官，很好很好。如果你按照道义协助君王管理国家大事，让老百姓过上了好日子，他们自然都会记得你；如果你一门心思拍皇帝的马屁，总有一天是要下台的。"

来人觉得这几句话太刺耳了，有点不大合适，可又不敢当面反驳，就婉转地央求严子陵："先生是不是再说些别的什么？"

严子陵不高兴了，当场拉下脸来，冷冷地说："你是在街市上买菜吗？还要讨添？"

来人不敢再说，只好带着信灰溜溜地回去了，把它交给了侯霸。

侯霸看完这封书信，觉得就像灶膛里塞进一把湿稻草——一肚子闷火，发不出来。他故意把这封信封起来，交给了刘秀，意思是想告诉皇帝，严子陵这个人也实在太狂妄了，你看他像不像话？！

谁知道刘秀看了信，却不当一回事，只是笑笑说："哎哟，这是子陵的老毛病了，你又不是不知道，没啥。"

第二天，刘秀全副銮驾亲自拜访严子陵，严子陵还是不领情，照样袒着个肚子在床上睡大觉。刘秀就一个人悄悄地走进严子陵的房间，抚摸着他的肚皮，亲切地说："子陵呀，子陵，看在当年同窗好友的分上，你就不能出来帮帮朕的忙吗？"

严子陵还是闭着眼睛，闷声不响，隔了好久好久，才睁开眼睛，朝刘秀盯着看了好一会儿，长叹一声，说道："当初，尧算得是个明主了吧。他要把君位让给巢父，巢父不干；尧又要把君位让给许由，许由听到这个消息，觉得这是对他的侮辱，很不高兴，竟逃到颍水边上去洗耳朵。这个故事你大概不会忘记的吧。人各有志，你何必来勉强我呢？"

刘秀叹了口气,问道:"子陵,我竟没办法说服你了吗?"

又过了几天,刘秀索性把严子陵接进宫去。两人一块儿叙谈当年读书时的那些旧事,说说笑笑,越谈兴致越浓,不知不觉谈了好几天,依然意犹未尽。

刘秀笑着问严子陵:"你看朕还有哪些地方和当年是一样的呢?"

严子陵不客气地给他泼了一盆冷水:"我看你呀,毛病倒是比过去多了。"

刘秀有些不开心,但想想自己才刚做皇帝,该拿出点气度给天下人看看,所以还是没发脾气,就说笑着把话题扯开了。

当天夜里,刘秀留严子陵在宫里与自己一起住一宿。严子陵老实不客气,还是和当年同窗读书时那样,睡觉时一只脚竟搁到了刘秀的肚皮上。

第二天,太史官惊慌失措地上奏,说是昨夜发现一颗客星,正要侵犯到紫微星上来。刘秀一听,忍不住哈哈大笑,连声说:"没啥没啥,是朕的老朋友严子陵和朕在一起睡觉来着。"

后来,严子陵终于还是不肯做官,回到了南方,在富春江边上钓鱼种田。

如今,浙江桐庐县南面有个钓台,那里有块很大的石头,上面十分平坦,可以同时坐十多个人。据说,那就是严子陵当年钓鱼的地方。

【故事来源】

据晋朝皇甫谧《高士传·严子陵》和南朝宋范晔的《后汉书·严光传》综合译写。

珠崖二义

珠崖郡在海南岛的东北部，因为崖边盛产珍珠，所以这个地方被称为珠崖。

汉朝的时候，珠崖郡的长官在任期内病死了，一家人痛哭流涕。按当时的风俗，是一定要护送棺木，把死者送回家乡安葬的。这位长官的家乡在北方，一家人就操办着护柩北上。

却说这位长官的结发妻子早几年就死了，留下一个女儿，名初，这年正好十三岁；后妻生的儿子，这年九岁。后妻平日里喜爱珍珠，花钱买了一大串，做了个手环，一直戴在手上。而按照当时的法律，这种珍珠是不可以私自携带出关的，谁要违反了这条法律，就会被处死。现在，要进关北上，她只好忍痛割爱，脱去手上这串珍珠手环，丢在了桌上。

儿子还小，不懂事，以为是母亲遗忘了，就拾来放进了母亲的梳妆箱里。这件事，家里的人谁也不知道。

到了海关，守关的官员照章办事，一一搜查他们的行李，在梳妆箱里发现了这串珍珠手环。

守关的官员把脸一板，厉声说道："好大的胆子！你们身为长官家属，竟私带珍珠，知法犯法，罪加一等。你们说吧，应该办谁的罪？"

这时候，女儿初正好在旁边，一看这情景，知道这件事无法通融，既然东西是在后娘的梳妆箱里发现的，十有八九是后娘偷偷放进去，想蒙混过关。再一想，现在父亲死了，如果后娘再一死，这一家今后可怎么过啊？她回想自己从小死了亲娘，日子过得多么辛酸，后娘如果被治罪，九岁的弟弟不就成了失去双亲的孤儿了吗？想到这里，她毅然挺身而出，对守关的官员说："你们就治我的罪吧。"

守关的官员说："好的。你先说说，这究竟是怎么回事？"

初回答说："父亲去世了，全家要护柩北上。我母亲解下珍珠手环，扔在角落里。我觉得这么好的珍珠手环，就这样被丢掉，实在太可惜了，就偷偷地捡了起来，塞进了母亲的梳妆箱里。母亲根本不知道，这事与她无关。"

这话说得有板有眼的，没有漏洞。守关官员当即下令，将初捆绑了起来。这时，她的后娘知道了，连忙赶过来，抱着初，泪如雨下，问她究竟出了什么事？

初坦然地说："母亲当初丢弃的珍珠手环，被我又捡了起来，偷偷塞进了你的梳妆箱里。现在被查出来了，要杀要剐，当然由我一个人来顶。"

后娘一听，以为确实是这么回事，心中暗暗叫苦，转念又一想："这个女儿的命也太苦了，从小死了亲生娘，全靠我把她拉扯大。后来我生了儿子，对她的照顾总有些不周，现在想起来还常常觉得内疚。再怎么说，她毕竟只是个十三岁的孩子，不懂事，如果做错了事，总还得由做父母的顶着。如今她的亲生父母都死了，谁来照顾她？当然只有我来照顾了。今天的事，无论如何不能让她去顶罪！"

想到这里，她连忙挺身而出，对守关的官员说："且慢，请千万别为难小孩子。她还小，其实根本不知道这事。这串珍珠手环是我的，以前我一直戴在手上。丈夫不幸去世，我就从手上脱下来放在梳妆箱里，一家人忙着操办护丧北上的事，行色匆匆，居然把它给忘了。现在既然已经查出了，要治罪，就治我吧。"

女儿哪里肯听，大声嚷道："你们别听母亲的。一人做事一人当，要杀就杀我。"

后娘一边去掩住女儿的嘴巴，一边哭着说道："这孩子孝顺，是想替娘顶罪，这怎么可以呢？明明是我做的事，要杀就杀我吧！"

女儿也哭了起来，一边哭，一边说："娘可怜女儿，想救女儿一命。其实娘根本不知道这事，你们千万不可以杀她呀！"

后娘和女儿两个人争着要替对方去死，一边说，一边哭，泪流满面，好不伤感。送丧的人见了，也都在边上痛哭起来。围观的人越来越多，一个个都被她们两人感动了，忍不住都落下了同情的眼泪。

守关的官员刚要提笔写判状，目睹这种情景，不知不觉，一双手颤抖了起来，竟一个字也写不下去了。最后，他索性把笔一搁，流着眼泪说："你们母女二人并非亲生，尚且有如此深厚的情义，都争着要替对方去死，我怎么忍心判你们死刑呢？罢罢罢，这桩案子我无法判决。我不判了，有什么事，由我来顶着。你们都走吧！"说罢，他把这串珍珠手环扔进了大海，一挥手，就让她们一家人都出关了。

走出了好远，她们才慢慢把事情弄清楚，原来这事是九岁的弟弟做的。

这事传扬开去,大家都赞扬母女二人品格高尚,称她们为"珠崖二义"。

【故事来源】

据汉朝刘向《列女传》卷五译写。

张道陵试徒

东汉的时候，沛国丰（今江苏丰县）这个地方出了个张道陵。他原是太学的学生，精通四书五经，也做过官，到了晚年，忽然觉得这些都没用处，就到龙虎山学起炼丹来了。

后来，张道陵又带着他的弟子到四川，住在鹄(hú)鸣山*中，一心修炼，用符水咒法为人治病，创立五斗米道*，道徒们尊称他为天师。

张道陵的道徒很多，只有王长一人最受师父信任。道徒们议论纷纷，都在背后说张道陵偏心，把道法都传给了王长，却不肯传给大家。张道陵也听到了这种议论，摇摇头，索性当着大家的面把话挑明了，他说："你们以为求师学道就这么容易的吗？我没有偏心，只要真心求学，我一定会把道法毫无保留地传授给你们的；就怕你们的志不坚，心不专，私心杂念太多了。明年正月初七这一天，有个人从东方来，四方脸，五短身材，穿着貂裘锦袄，他才是我的好徒弟，将来他的道行一定不下于王长。你们就等着瞧吧。"

第二年正月初七清早，张道陵对王长说："你的师弟快要到了。我得考验考验他，看他到底是不是虔诚求学？你就照我说的去做吧。"他布置了一番，就进里屋去了。

鹄鸣山
即鹤鸣山，在四川省崇庆县西北。

五斗米道
早期道教的一派，因入道者须出五斗米，故名。又因道徒尊张道陵为天师，故又称"天师道"。

这天中午，果然从东面走来一个人。他四方脸，五短身材，穿着貂裘锦袄，到了天师门前，自称姓赵名昇(shēng)，是吴郡人，要来拜师求道。

弟子们对他说："师父不在家。"说罢，"砰"的一声，把大门关上了。谁知道第二天早晨开门一看，那个赵昇还是坐在门口，说是要等师父回来。一连几天，赵昇一直等在门口，饿了就到村里买点儿点心充充饥，晚上就睡在露天里。弟子们讨厌起他来，把他当作讨饭的叫花子，推推搡搡，打打骂骂，他却一点也不在意，还是和颜悦色，说要见师父。

熬了四十多天，张道陵见赵昇果然十分虔诚，这才把他叫了进去，不过还是不肯收他为徒弟，而是派他去田里看守庄稼。

田边只有一个小草棚，夜里常有野兽骚扰，赵昇就住这里看守庄稼，一点也不敢马虎。一天夜里，一个漂漂亮亮的大姑娘忽然闯进来，说是迷了路，硬是要在这里过夜。第二天她又说是脚痛，走不动，一连赖在这里好几天，天天用话语挑逗赵昇，要和赵昇结成夫妻。赵昇想，我是来求师学道的，道还没学成呢，怎么可以做出这种事呢？想到这里，他硬是拒绝了这个姑娘的要求。

后来，赵昇又被张道陵派到后山去砍柴，砍柴的时候，偶然拔起一个松根，竟发现那里埋着三十瓮金子。赵昇想，我要金子有什么用？于是，他把金子重新埋好，分文不取。

又有一次，赵昇进山砍柴，有三只老虎围着他，咬他的衣服。赵昇朝老虎看看，对老虎说："我是来求师学道的，一辈子没做过亏心事。你们要吃就吃，不吃就快走！"这一说，那三只老虎竟都掉头走了。

还有一次，张道陵派赵昇到市场上去买十匹绢。赵昇买好绢，付了钱，就一路往回走。走到半路上，那个卖绢的老板竟追了上来，硬是说他没付钱，要把绢讨回去。赵昇跟他说不清楚，只好脱下貂裘抵钱，老板还嫌太少，赵昇又脱下锦袄给了他，这才算了结。赵昇回来，张道陵问他："你身上的衣服哪里去了？"赵昇说："天气热了，我没有穿。"张道陵点点头，觉得赵昇这个人宽宏大量，确实不错，就拿出一件衣袍送给他。

一天，赵昇正在干活，路边来了个讨饭的人，衣衫褴褛，生了一身的疥疮，两只脚都肿得走不动了，好不可怜。赵昇见了，把他扶进自己住的草棚里，省下自己的饭食给他吃，又烧了水替他洗澡，半夜里扶他起来大小便，侍候得十分尽心。十多天过去了，那人的疥疮全好了，竟连一声感谢也没说，就自顾自地走了。赵昇却还是乐呵呵的，一句怨言也没说。

张道陵一连试了六次，赵昇都能接受考验。到了这年夏天，他想再试赵昇一次，于是，召集所有的弟子一起来到天柱峰的顶上。原来，在那边的一个山顶上，长着一棵大桃树，树上结的桃子又多又大，红艳艳的让人馋涎欲滴，但是树的四周全是悬崖峭壁，谁也爬不上去。张道陵对大家说："谁能采到桃子，我就把道法传授给谁。"

当时在场的弟子有三百多人，大家你看看我，我看看你，吐吐舌头，没有一个人敢去采。这时候，赵昇站了出来。他想："师父让我去采桃子，一定有他的道理，再说师父也绝不会看着我白白去死的。"想罢，他一咬牙，朝那棵桃树跳了下去，不偏不倚，正好跳在了树上。赵昇把树上的桃子采摘下来，采一颗，往山顶上掷一颗，采一颗，掷一颗，最后只剩下一颗大桃子没采。张道陵把桃子全分给弟子们吃，自己吃一颗，又留了一颗给赵昇，然后伸出胳膊要去拉赵昇上来。

说来也怪，张道陵站立的山顶离那棵大桃树足足有三丈远，他的胳膊居然会越伸越长，越伸越长，伸出了三丈多远，一下子把赵昇拉上了山顶。

张道陵把最后一颗桃给了赵昇。等他吃完，张道陵对弟子们说："赵昇因为心正，所以能够跳到桃树上，脚一点也没扭伤。现在树上还留着一颗大桃子，让我也来试一试吧。"说罢，他纵身一跳，不见了踪影。

三百多个弟子一见出了事，全都号啕大哭起来。只有王长和赵昇两人不哭。赵昇对王长说："师父跳下了悬崖峭壁，生死莫测，我们做徒弟的怎么可以袖手旁观呢？我们也一起跳下去吧。"

于是，两个人手拉着手，也一起跳了下去。

这一跳，正好跳在一块大石头上。只见张道陵正坐在那里，笑眯眯地朝他们看呢。他一边笑，一边说："我料定你们两个人是要跟过来的。"

到这时候，张道陵才正式决定收赵昇为徒弟，并且把自己的道法一股脑儿地全都传授给他。

【故事来源】

据东晋葛洪《神仙传》卷四译写，部分情节参考明朝冯梦龙《古今小说》卷十三。

郑公风

东汉时候，有个太尉名叫郑弘。太尉是当时全国的军政首脑，好比后来的丞相。郑弘职位很高，品德更是高尚，在他的家乡绍兴，一直流传着一则关于他的传说。

绍兴城的东面，有一座山叫射的山，在山的南面，有一个湖泊，湖泊中央有一座山，叫白鹤山。为什么叫白鹤山呢？据说在很早很早以前，有个仙人专门在射的山对面射箭，练习箭法。仙人的箭很珍贵，射出几支就得收回几支，一支也不可丢失。有一次，他不小心丢失了一支箭，心里急得不得了，派他的一只白鹤去山里寻箭。白鹤在地上找了半天也没有找到，索性用嘴巴把这一带的泥土全都翻掘了一遍，还是找不到，于是它一头撞死在山里。后来，人们把白鹤翻掘起来的泥土堆成的小山，取名为白鹤山。

说来也巧，那白鹤寻来寻去寻不到的箭，后来被郑弘拾到了。那时他还小，不过十一二岁，家里很穷，他每天要上山砍柴，靠卖柴苦度光阴。这一天，他在砍柴时见到一个松树根，一半已经露在了外面，就狠命把树根拔起来，一拔两拔，树根出来了，还带出一支箭来。这支箭式样特别，古色古香，箭羽闪烁着金光，跟一般的箭有些不同。

郑弘想，这个丢了箭的人心里一定很着急。于是，他就坐在路边的石头上，耐心地等候着失主的到来。

不一会儿，一位白发苍苍的老公公走了过来。他东瞧瞧，西望望，好像在寻找什么东西。郑弘看见，便迎了上去，问道："老伯伯，你在找什么东西呀？"

"喔，我在寻一支箭。"

"寻箭？我刚才翻树根，看见了一支，你看看是不是你的？"说着，郑弘把拾到的箭拿了出来，递给老公公。

老公公接过来一看，顿时眼里放出光来，高兴地说："对对对，就是这支箭。啊呀，说起来，为了这支箭，我可费尽了心思，前前后后足足寻了十年，好不容易才把它找回来。小弟弟，你今天做了件大好事，我一定要好好谢谢你。"

被他这么一说，郑弘有些难为情了，脸涨得通红："不用谢，不用谢。拾到东西，应该归还失主嘛。"

"不不不，我一定要好好谢谢你。"老公公见这个孩子这么善良，对他越发有了好感。他坐下来，摸着郑弘的头，慈祥地说："小弟弟，别不好意思，你尽管开口，金银财宝，绫罗绸缎，你要什么，我给你什么。"

郑弘还是摇摇头，过了一会儿，他忽然认真地对老公公说："金银财宝、绫罗绸缎，我都不要。不过你要是肯谢我，我要向你讨一种风。"

"什么？你要风？你要什么风？"老公公不觉惊讶起来，"这风看不见摸不着，要来有什么用？"

郑弘却一本正经地回答道："是的，我要风。我们这一带的人全靠打柴过日子，叔叔伯伯们每天早晨进山砍柴，都得过若耶溪，坐一次船，傍晚出山，又要在若耶溪上摆一次渡，天天如此。可是这若耶溪上的风却总是跟我们打柴人作对，来来去去，我们遇到的都是顶头风，弄不好船还会翻。老公公，你就想个办法让若耶溪上每天早晨吹南风，傍晚吹北风，这样我们这些打柴人每天过溪时遇上的就总是顺风了。"

嘿，这真是个稀奇古怪的要求，谁有这么大的本事，可以改变风的方向？说来也怪，这个老人原来是个神仙，神仙还会有什么事情做不到呢？他听了郑弘的这个要求，心里很是感动，觉得这个孩子小小年纪就有这么好的心肠，不为自己着想，而是想着父老乡亲，这样的孩子长大了一定会有出息的。于是，神仙答应了郑弘的要求。

从此以后，若耶溪上的风向变了，每天早晨吹南风，傍晚吹北风，过溪去打柴的人都觉得很方便。大家为了纪念郑弘，就把风命名为"郑公风"，也称"樵风"。

【故事来源】

据南朝宋孔灵符《会稽记》译写。

刘阮入天台

这个故事发生在汉明帝永平五年（公元62年）。浙江剡（shàn）县有两个青年，一个叫刘晨，一个叫阮肇，他们一起进天台山采药，走着走着，不知不觉迷了路，怎么也回不了家。

两个人在深山老林里转来转去，过了十三个日日夜夜，随身带去的干粮全都吃光了。他俩饥肠辘辘，两眼发花，眼看快要饿死的时候，忽然远远地看见高山顶上有一棵桃树，上面结了好多大桃子，红艳艳的，把枝条都压弯了，这可把他俩乐坏了。可是，再一细看，却又犯了难，原来那山顶的四周全是悬崖峭壁，下面又是万丈深渊，根本没有一条山路可以通到那里。怎么办呢？他们下定决心，决定攀着悬崖峭壁上的葛藤往上爬。他俩爬了好久好久，终于爬上了山顶，真是好不喜欢啊。他们赶忙摘下几个大桃子，大口大口地吃了起来。

说来也怪，两个桃子还没吃完，他们就感觉肚子不饿了，只觉得浑身上下都有了力气。他们一边继续吃着桃子，一边寻路下山。

到了一条溪水边上，他们取出随身带来的杯子舀水，准备洗洗手，漱漱口。正在舀水的时候，忽然发现一片芥菜叶子从山洞里流了出来；隔了一会儿，又有好几片芥菜叶接二连三地流过来，挺鲜嫩的；后来又流过来一只杯子，一看，杯子里面居然还有些芝麻和饭粒。嚇！这可不得了，两人你看看我，我看看你，不约而同地说："这里离有人住的地方一定不远了。走，去找找看！"

两个人脱了鞋，蹚着溪水，逆流而上，寻找那流出芥菜叶和杯子的地方。他们弯弯曲曲地走了大约二三里路，果然那溪水越来越宽阔，一条大溪出现在眼前。

大溪边上，两个年轻漂亮的女郎正在洗衣服，看见刘阮二人拿着杯子走过来，不觉地发出银铃般的笑声。她们说道："好啊！刘郎和阮郎把我们刚才丢失的杯子给找回来了。"

嘿！刘晨和阮肇根本就不认识这两个女郎，她们却开口叫出了自己的名字来，好像老早就熟识似的。个子稍稍高一点的女郎噘着嘴巴问道："你们怎么来得这么晚呀？"刘晨不好意思起来，正想解释几句，另外一个女郎已经上来打圆场了："姊姊，人家好不容易翻山越岭来到这里，你还好意思埋怨人家！"听这么一说，四个人都忍不住笑了起来。就这样，刘晨和那个稍稍高一点的女郎，阮肇和那个稍稍矮一点的女郎，都像早就认识似的说起话来。说着说着，两个女郎又热情邀请他们到家里去做客。

到那里一看，刘晨和阮肇大吃一惊，想不到深山老林竟会有这么漂亮的房屋：房顶用一色竹子做成的半圆筒形瓦片铺盖，十分别致；屋里面靠南墙和东墙的地方，各放着一张很大的床铺，上面挂着大红色的丝绸帐子，帐子的四角还悬着小金铃和各式各样的金银装饰，闪闪发亮，煞是好看。稍一碰动，帐子就发出"叮叮当当"的响声，像琴声那般，很是悦耳。床铺的边上，还站着十来个丫鬟。

稍稍高一点的女郎一进门，就吩咐丫鬟："刘郎和阮郎走了好几天险峻的山路，又涉过了大溪，又饥又累，很是辛苦，我们快去准备饭菜吧。"

不一会儿，桌上摆满了芝麻饭、牛肉、羊肉干、香菇、木耳等山珍海味，香味扑鼻。刘晨、阮肇两人老实不客气，坐下来就吃，吃完了饭，又喝了些酒。

正在喝酒的时候，门口拥进来一大群漂亮的女子，她们嘻嘻哈哈，推推搡搡，手里都拿着桃子，笑呵呵地对两个女郎说："恭喜，恭喜！恭喜你们的意中人终于来啦！"

两个女郎红着脸站起来迎接，又忙着让她们分头坐下，向刘晨、阮肇一一作了介绍。于是，大家互相祝酒，或弹琴奏乐，或翩翩起舞，琴声悠扬，舞姿婀娜，气氛相当热烈。在这欢乐的气氛中，做客的女子们一起做主，为刘晨、阮肇和这两位女子举行了婚礼。山里的那些女子一个个长得貌若天仙，说话的声音清脆婉转，身在其中，真的会让人忘记一切忧愁。

就这样，刘晨、阮肇两人在山中住了下来，过着无忧无虑的生活。十天之后，两人想家了，说这次进山采药，离家的时间太长了，应该回去看看了。那两个女郎依依不舍地说："你们好不容易才来到这里，可见我们是有缘分的。怎么还想着要回去呢？"

说起来，刘晨和阮肇还真舍不得离开她们呢，犹豫了好一阵子，终于还是留了下来，一住又是半年。

到了第二年，春暖花开，百鸟争鸣，山里一派欣欣向荣。他俩触景生情，越发思念起家乡来。家中的父亲和母亲需要照顾，弟弟妹妹也应该抚养，自己一个人住在山中，虽然无忧无虑，毕竟也有些说不过去。他们经常看着天上的飞鸟，一起发愣。

两个女郎的心思都很细腻，知道这一次留不住他们了，只好快快不快地说："唉！人世间的五情六欲真叫人没办法。既然你们一心想回家，我们也拦不住，走就走吧。"

于是，两个女郎叫来当初为她们举办婚礼的那一群女子，奏起了音乐，跳起了舞蹈，为刘晨、阮肇两人饯行。

刘晨和阮肇两人出了天台山，归心似箭，直奔家乡。谁知道到了家乡，却没有一个人认识他们。找到自己的家，门前的老槐树还在，屋子却变了样，里边住的人一个也不认识。他们打听来打听去，才有一位白胡子老头子颤颤巍巍地说："我小时候倒是听奶奶说起过，说是祖辈里有两个人到山里去采药，一去就没再回来，大概是迷路了吧。"再细细一攀谈，村里有户人家和刘晨是亲戚，是刘晨当年堂兄弟的第七代子孙。嚯！这可实在太神奇了，他们到山里前后待了不到一年时间，怎么人世间就过得那么快，都已经过了七代了呢？他们扳着指头这么一算，当年进山，是东汉的永平五年，如今已经是东晋武帝太元年间了，前后足足相隔了三百多年。可是刘晨和阮肇却一点也不见老，看起来还是两个年轻小伙子，你说怪不怪？

到了太元八年（公元383年），刘晨和阮肇二人又一起出了门，村里人从此再也没见到他们。

【故事来源】

据《法苑珠林》卷三十一引南朝宋刘义庆集门客所撰的《幽明录》译写。这个故事在唐代就广为流传，刘禹锡诗"前度刘郎今又来"、裴铏(xíng)诗"深洞莺啼恨阮郎"等句，吟诵的就是这个令人神往的传说。如今，天台山一带的相关遗迹依旧吸引着无数游客。

范式赴约

东汉时的范式，是山阳郡金乡县（今山东巨野和金乡一带）人，他跟汝南（今河南上蔡和新蔡一带）人张邵一起在京城的太学*里读书，两人是好朋友。

读完书，两人都要各自回家乡了，分别的时候，都有些眼泪汪汪的，舍不得分手。范式对张邵说："我们两年以后再相逢吧。到那时候，我一定要去拜访你的父母亲，还要看看你那可爱的孩子。"张邵一听，也来了劲儿，连忙说："好，那就一言为定。你定一个日子吧。到了那一天，我一定在家准备好酒菜，恭候你的光临。"就这样，两个人约好了会面的日期，分了手。

一晃两年过去了，眼看会面的日期就要到了，张邵兴致勃勃地把这事说给他母亲听，请他母亲务必把酒菜准备得丰盛些。他母亲说："哎呀，你真是个书呆子。你们分别已经两年了，那不过是嘴上随便说说的事，哪能这么认真？再说，他得千里迢迢赶过来，一路上遇上什么意外谁也料不定。就是等他到了家，咱们再动手准备也不迟呀。"张邵却认真地说："不行，不行，范式一向是个守信用的人。我跟他交朋友，也敬重他这一点，他怎么会失约呢？娘，你就放心去杀鸡，割菜，打酒吧。"他母亲将信将疑，只好忙里忙外地准备起来。

太学
中国古代的国立最高学府。

果然，到了约定的那一天，范式穿戴得整整齐齐地登门了。张邵眉开眼笑地把他接进门，引他进入厅堂。一看，桌上早已摆好了一桌热气腾腾的酒菜。两个人你看着我，我看着你，同时会心地大笑起来。

这一天，范式见到了张邵的全家人，大家在一起说说笑笑，心里都非常高兴。

又过了几年，张邵得了重病，多方求医，还是不见好转。同乡人郅（zhì）君章、殷子征二人早晚都来看望他。张邵临终的时候，感叹万分地对他们说："今生今世，我唯一的遗憾是没能再见一见我的死友。"

殷子征弄不懂了，问他："我和君章二人这样尽心尽意地照料你，难道还不算是你的死友吗？你还想要见见谁呢？"

张邵轻轻地对他们说："你们两位对我一片真情，我是很感激的。不过我一直把你们当作我的生友。山阳的范式，才是我的死友。"不久后，张邵死了。

就在那天夜里，远在山阳的范式忽然做了一个奇怪的梦，梦见张邵脸色惨白，戴着一顶黑色的帽子，帽檐上挂着长长的飘带，拖着鞋子，踢踢踏踏地向他走过来，凄厉地对他说："我已经死了。我家里人商定择日将我下葬。你总不会忘记我了吧？我在归去黄泉之前，还想再见你一面，你能答应我的要求吗？"范式急了，想去拉住张邵的手，却怎么也够不到，不知怎么一来，脚下一绊，跌了一跤，醒了。

范式醒来，梦中情景历历在目。一算日子，要赶去送葬已经很紧迫了，他连忙穿上吊唁朋友应该穿的丧服，骑上快马，直奔汝南而去。

这边，范式还没赶到，张邵的柩车已经出发了。柩车来到墓地，墓穴早已掘好，只等着棺材下葬。谁知道那棺材却一下子重得不得了，十几个人一起抬也抬不动。

张邵的老母亲泪流满面，抚摸着棺材说："儿啊，你难道还要等谁吗？"老母亲就让大伙儿把棺材先放下来，等等看。

不一会儿，果然看见有人驾着白马素车，哭号着赶来。张邵的老母亲一见，什么都明白了，欣慰地对大家说："这一定是范式来了。"

车上下来的人正是范式，他一路奔波，早已憔悴不堪。范式一头扑在棺材上，痛哭流涕地说道："大哥，你怎么就这样走了呢？死与生不是一条路，我们什么时候才能再次见面呢？"当时去送葬的人，足足有一千多，见到这种情景，全都流下了眼泪。

于是，张邵的母亲让范式牵挽着棺绳走在前面，棺材又抬得动了。大家小心翼翼地把棺材引入墓穴，为张邵安葬。

下葬以后，范式又亲手在墓地上种上了树，这才依依不舍地离去。

【故事来源】

据东晋干宝《搜神记》卷十一译写，又见于《后汉书·范式传》和元杂剧《死生交范张鸡黍》。后来，人们用"范张鸡黍"比喻深厚的友谊。

李寄斩蛇

东越国闽中*地区，有一座叫庸岭的大山，山势险峻，人迹罕至。山的西北面有个阴森森的大洞，里面盘踞着一条大蛇，有七八丈长、大十余围粗，凶猛无比，常常游出来吃人，当地老百姓都很害怕它。东冶郡的都尉和所属县的官吏有不少人被这条蛇害死了。大家常常抬着整头牛、整头羊去祭祀它，却仍旧得不到安宁。

地方上出了这种祸患，人心自然无法安定，谣言也一天天多了起来。巫婆和庙中管香火的庙祝们常常声称他们梦见这条蛇，说蛇托梦传话，要吃十二三岁的童女。他们说得活灵活现的，谁敢说个不字？！郡县的各级官员都为这事伤透了脑筋，却想不出一个好办法来。那大蛇的气焰一天比一天嚣张，一点也没有收敛。

大伙儿不敢得罪这条神蛇，只好去搜罗那些奴婢生的丫头，或是犯罪人家的女儿，把她们收养起来，当作牺牲品。每年八月上旬的祭期，大家把可怜的童女送到蛇洞口。不一会儿，神蛇游了出来，一口就把女孩吞了进去。接连许多年都是这样，前后已经有九个无辜的女孩被蛇吃掉了。

那一年，官府又四处派人寻找可供祭蛇的女孩，找来找去，找不到合适的人。谁家的父母忍心把自己的亲生骨肉往蛇嘴里送呢？

> **东越国闽中**
> 东越国，古国名，在今浙江、福建一带；闽中，古郡名，今福建福州一带。

却说将乐县有个叫李诞的穷人，一连生了六个女儿，一天到晚愁眉苦脸，叹自己的命不好。小女儿李寄，是个很聪明的孩子，这种时候竟自告奋勇提出要应征祭蛇。父母亲吓了一大跳，死活也不让她去。李寄却有板有眼地说出一番话来：

"你们平日里唉声叹气，虽说有六个女儿，却像断子绝孙似的，我们听了心里也很难受。原来听你们讲了这样一个故事，说是有个医学家淳于意，被朝廷抓了起来，就要判死刑了，他的小女儿淳于缇萦（tí yíng）上书，自愿代父赎罪。这事四处传扬，人人都赞扬她是个好孩子。我没有像淳于缇萦那样救助亲人的本领，不仅不能供养爹娘，反而白白浪费了家里的粮食，活着也没有什么用处，倒不如早点死了的好。我早就盘算过了，把我卖了，多少还可以从官府拿到一笔钱，给爹娘贴补家用，这也算是我对爹娘的一点孝心了。有什么不好呢？"

李诞夫妻听女儿这么说，泪如雨下，紧紧地搂着她。他们怎么舍得让女儿去送死呢？谁知道到了后半夜，李寄竟独自一人偷偷溜走了。

李寄进了官府，神色镇定，要了一把锋利的宝剑和一条会咬蛇的狗。她还要官府准备好几石糯米，做好糍米饭，再拌上蜜糖熬成的米麦糊，到时候把糍米饭抬去，放在蛇洞口。她说大蛇早就托梦给她了，要吃这玩意儿。官员们不知道她究竟有什么打算，只得一切照办。到了八月上旬祭蛇的日子，她独自一人进了山，走到庙里，坐在那儿，抱着剑，牵着狗，静静地等蛇出来。洞口就放着预先抬过去的蜜拌糍米饭。

不一会儿，大蛇果然游出来了。那蛇头大得就像个圆顶的谷仓，眼睛大得像两面二尺来阔的铜镜。蛇一出洞，首先闻到了

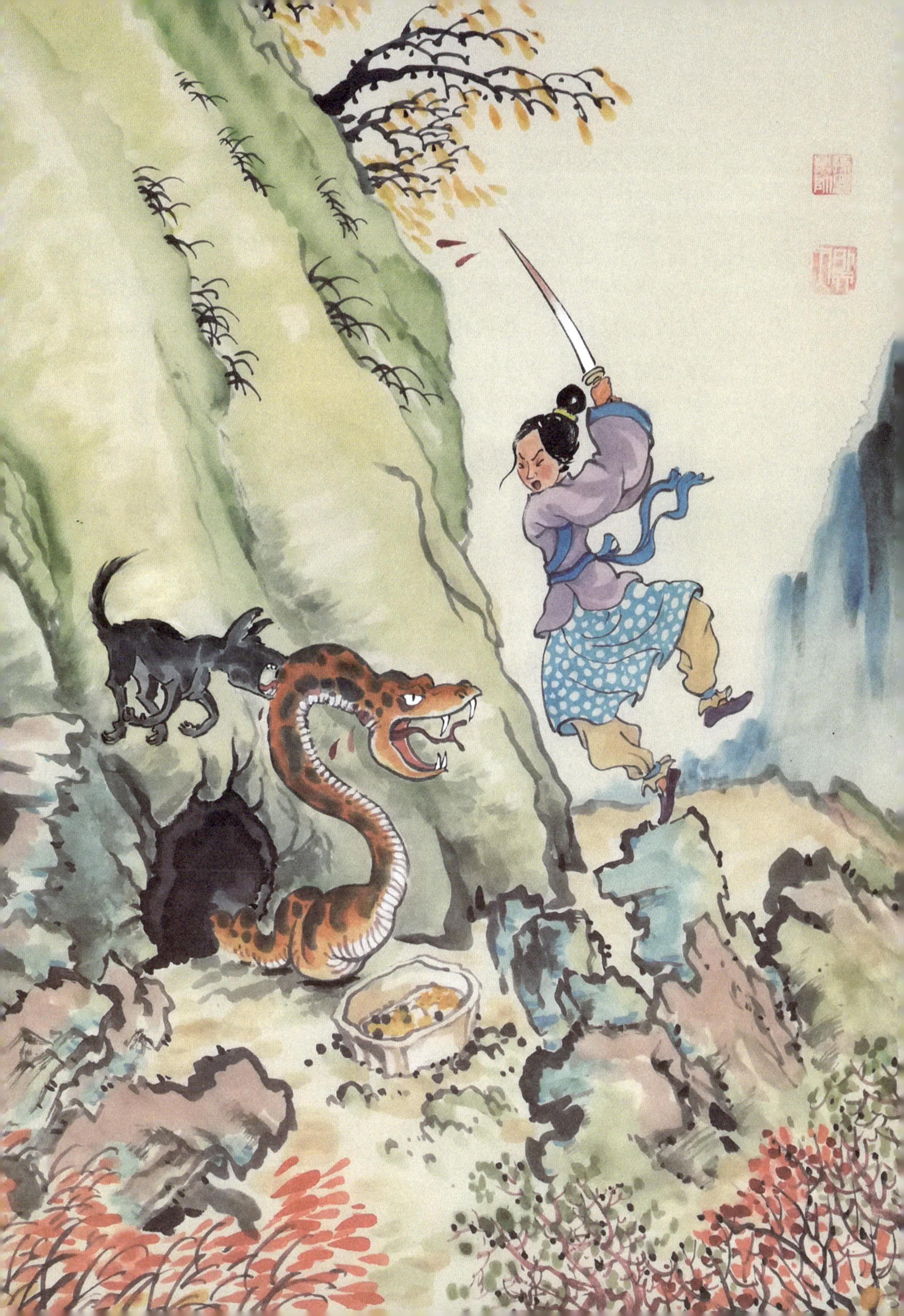

蜜拌糙米饭的香味，当即大口大口地吞吃起来。蜜拌糙米饭吃多了，蛇肚子就胀得鼓鼓的，一时难以消化，行动也不那么方便了。

李寄一看，时机来了，连忙放出那条会咬蛇的狗。狗猛扑过去，狠命地咬蛇。李寄又趁机从边上绕了过去，举起宝剑狠命朝蛇的七寸处砍去，连砍几剑，把蛇砍得鲜血直流。那蛇痛极了，霍地蹿了出来，到空地处，挣扎了几下就死去了。

李寄还不甘心，又壮着胆子走进蛇洞去细细察看。一看，蛇洞的角落里还散落着九具被害女孩的尸骨，她感慨万千地说："唉，你们也太胆小、软弱了，到头来落得被蛇吃掉的下场。这实在令人痛心啊！"

李寄检查并确定大蛇真的死了，才坦然地走回家去。

东越王听说了这件事，十分赞赏李寄的大智大勇，娶她做了王后，并且任命李寄的父亲做将乐县县令，对李寄的母亲和姊姊们也给予了丰厚的赏赐。从此以后，东冶郡一带就再也没有什么妖怪异物出现了。

【故事来源】

据东晋干宝《搜神记》卷十九译写。

蔡邕听琴

东汉时候，陈留圉(yǔ)(今河南杞县南)人蔡邕(yōng)是个才华横溢的文学家，长于碑记，辞赋也写得非常出色。他同时也是位书法家、音乐家，琴棋书画，样样精通。

汉灵帝时，蔡邕几次上书陈奏，表明自己的政治见解，可汉灵帝对他很反感。加上当时太监当道，一伙人一直想加害于他。蔡邕看看这种情势，知道鸡蛋碰不过石头，就悄悄地离开京城，漂泊江湖。

在苏州，看见几个当地人把一块梧桐木劈来烧饭，那梧桐木在火中发出"毕毕剥剥"的爆裂声，声音十分清脆悦耳，蔡邕心想：这可是一块做琴的好材料！于是，他就去跟主人商量，买来了这块梧桐木，然后把它削成了一具琴。一弹奏，琴声果然非同凡响。由于这具琴的尾部已经烧焦，所以人们把它称作"焦尾琴"。

后来，蔡邕到了柯亭（今浙江绍兴西南），这个亭子是用竹子做成的。蔡邕仰着脖子东看看，西看看，又忍不住对别人说："东面第十六根竹椽(chuán)子特别好，取来做笛子一定是上品。"有人取来做成笛子，笛音果然清越，圆润响亮，人们后来把它称为"柯亭笛"。

当初，蔡邕在家乡陈留的时候，他的邻居设宴招待客人，特地派人去邀请蔡邕，一起入席。蔡邕有事耽搁，去得晚了些，等他到邻居家门口的时候，厅堂上已经喝得很热闹了，一位客人正在屏风边上弹琴。蔡邕一向喜欢听琴，索性不进去，就在门外听起琴来。听了一会儿，蔡邕心想："嘿！这家主人倒好，一边请我来赴宴，一边琴声中却隐隐有一股杀气，这是为什么呢？"他一甩袖子，就回去了。

派去请蔡邕的仆人对主人说："蔡先生刚刚已经到了大门口，不知道为什么又回去了。"

蔡邕在当地是个知名人士，乡亲们一向都很尊敬他，现在到了门口又回去，可不好交代。主人一听，赶紧离席，亲自追到蔡邕家，问他为什么不来。

蔡邕和主人一起到了厅堂之上，蔡邕把琴声中有杀气的事又说了一遍，众人都觉得莫名其妙，说这是根本不可能的事，倒是那位弹琴的客人说出了内中的奥秘。他说："我刚才正在弹琴，看见天井里有一只螳螂和一只知了，知了将要飞走而没有飞，那螳螂则跃跃欲试正想扑上去，我的心不由得也跟着紧张起来，生怕螳螂捉不到知了，扑了个空。这大概就是蔡先生所说的琴声里有一股杀气的缘由吧。"蔡邕听罢，莞尔一笑，说道："这足以称之为杀心啊！"

从此以后，人们对蔡邕的音乐才能更加敬佩了。

【故事来源】

据《后汉书·蔡邕传》和东晋干宝《搜神记》卷十三《焦尾琴》《柯亭笛》两则综合译写。后人往往用"焦尾琴""柯亭笛"比喻未被赏识的良才宝器。

韩康卖药

东汉的时候，京兆霸陵（今陕西长安）出了个很有名的人，名叫韩康。他很有学问，品行高尚，却一直不肯出来做官。

韩康常常进山去采药，采来各种药材，拿到长安（今西安市）的市场上去卖。韩康卖药有个怪脾气，从来不肯讨价还价，说多少钱，就得卖多少钱。不过，因为韩康的药货真价实，大家还是喜欢买他的药。就这样，韩康采药卖药，一晃三十多年过去了。

一次，一个妇女到韩康那儿买药，非要他让点价钱不可。韩康不肯让价，那个妇女发火了，指着他的鼻子说："难道你是韩康？为什么不肯讨价还价！"

那妇女走了以后，韩康长叹一声说："我不想出名，所以才躲到这里来卖药。想不到现在连一个陌生妇女都叫得出我的名字，说明我还是出名了。这可不行，我今后不能再卖药了。"于是，他躲进霸陵山中，再也不出来了。

那时候，朝廷经常聘请有名的学者到京城做官。官府几次去请韩康出山，都被拒绝了。于是，汉桓帝备了一份丰厚的礼物，专门派使者到霸陵山中去寻找韩康，非要他出山不可。使者备了一辆安车*去接他，韩康一见这个架势，知道这一次逃脱不了，只好答应跟着使者走一趟。不过韩康提出一个要求，说是这种安

安车
古代的车多站立着乘用，安车为坐乘，故称安车，供年老的高级官员及贵妇人乘用。高官告老还乡或皇帝徵召有重望的人，往往赐乘安车。安车多用一马，礼尊者则用四马。

车太舒适了,他坐不惯,还是喜欢坐庄稼人的柴车。使者拗不过他,只好随他的便。

第二天一清早,柴车要上路了,使者还在睡大觉呢,韩康也不管他,自顾自乘着柴车上了路。

走到半路上,遇见一件奇怪的事情。当地的官员听说朝廷派人来接韩康进京,这可是一件大事,不敢怠慢,就一迭声地发号施令,要沿途的亭长整修道路,迎接韩康。上司一声令下,哪个敢不听?于是,一路上家家户户都被弄得鸡犬不宁,每家都得派出人力、牛力,整修道路和桥梁。韩康乘坐的柴车路过这里,正好被这里的亭长看见了。亭长一看,坐在车上的是个瘦老头子,穿一件打着补丁的蓝布长衫,以为他是个乡巴佬,当即把柴车拦住,恶狠狠地说:"来来来,把牛牵过来,给我去修路!"

韩康朝他笑笑,恭恭敬敬地问:"这条路年年都是这个样子,今天为啥要修了呢?"

亭长不耐烦地说:"你一个乡巴佬,也配问吗?老实告诉你,今天有一个赫赫有名的大人物要经过这里。上司有命令,必须把路修好,你敢违抗?"

韩康连声说"不敢,不敢",然后就拉着牛去修路了。

不一会儿,使者赶来了。一看,韩康浑身上下都是灰土,正在修路呢。他脾气大发,指着亭长骂起来:"你真是狗胆包天!你可知道他是谁?他就是今天要迎接的韩大人,你竟敢让他去修路,不要命啦!"使者当场把这个亭长捆绑起来,要送进衙门治罪。

韩康见了,连忙过去打圆场,说道:"这事跟亭长没关系,是我自己要去修路的。我韩康上山采药,爬上爬下三十多年,什么苦没有吃过，修修路有什么关系？你要是再为难他，我就回去了。"使者这才无可奈何地把亭长给放了。

据说，后来走到半路上，韩康还是想了个办法逃走了。

【故事来源】

据《后汉书》卷八十三《逸民列传》译写。

王烈和偷牛人

东汉末年,有个读书人名叫王烈,字彦方。他博学多才,却不愿意出去做官。王烈很注意道德品质的自我修养,方圆百里的人都知道他品行高尚。

当时,附近有个年轻人不学好,偷了别人家一头牛,偏偏被牛的主人抓住了。牛主人狠狠训斥了他,见他态度倒还比较诚恳,就原谅了他。那个年轻人临走的时候,流着眼泪对牛的主人说:"我一时糊涂,犯了一个大错。从今以后,我一定洗心革面,重新做人。不过我还有一个请求,希望你千万不要把这件事说给王烈先生听。"

后来,有人把这件事传到王烈耳里。王烈知道后,很关心这个年轻人,特地托人送给他一匹布,作为对他改正错误的鼓励。有人觉得奇怪,就问王烈:"这个人去偷别人的牛,犯了错误之后害怕让你知道,这也没有什么,你为什么反倒要送他一匹布呢?"

王烈说:"春秋战国的时候,有几个人偷了秦穆公最心爱的一匹骏马,杀了之后分肉吃。秦穆公知道后,不但没有责难他们,反而送给他们一瓮酒,说吃马肉不喝酒,容易伤身体。这几个亡命之徒一见,竟一个个号啕大哭起来,非常感激秦穆公对他们的爱护。在后来的一次战争中,就是这几个当年偷马的人,拼着性命救出了秦穆公。今天这个偷牛的年轻人害怕被我知道,知道要悔过自新,说明他已经感到羞耻,开始进步了。一个人不怕犯错误,就怕不知道羞耻。能够知道羞耻的人,就已经开始学好了。我对他能够学好想到很高兴,所以送他一匹布,鼓励他的进步。"

一年之后,附近又发生了一件事。一个年轻人路上遇见挑着重担赶路的老人,便自告奋勇地替老人挑担,一挑挑了几十里路,一直送到老人家里。老人问他叫什么名字,他笑着摇摇头,一句话也没说,就走了。

第二天,这位老人又出门赶路,匆忙之中把一把宝剑遗失在了路边。等发现时,早已走了好远的路,他只好自认晦气。到了傍晚,老人回家路过老地方,竟看见昏暗之中有一个年轻人守在路边,手里端端正正地捧着那把剑,等着失主的到来。老人仔细一看,这个还剑的人不正是昨天帮他挑担的人吗?他十分感动,拉住年轻人的衣襟说道:"你这个年轻人真好,昨天帮我挑担赶路,累得满头大汗,连自己的名字都不肯留下。今天你又为了还我这把剑,在路上守了整整一天,我还从来没有见过像你这样好的年轻人呢。今天,你无论如何也要把你的名字告诉我。"那个年轻人无法推辞,只好把自己的姓名说了出来。

老人把年轻人的姓名和他做的好事都说给王烈听。王烈高兴地说:"世上竟有这样好的年轻人,我还没有见过呢。"他请人帮忙寻访,终于找到了,原来这个年轻人就是一年前偷牛的那个人。

【故事来源】

据晋朝陈寿《三国志·魏书·管宁传》注引《先贤行状》译写。

华佗与曹操

东汉末年，沛国谯(qiáo)县*出了个了不起的名医，名叫华佗。

华佗精通医术，对药物的特性和分量都把握得十分清楚，给人看病，经常每张药方上只开几味药，就能药到病除。他经常用不着拿秤称药，只用手这么一撮，三下五除二，一会儿就把药配好了。

他给病人用灸，每次也不过灸两个穴位，每个穴位不过灸七八根，就手到病除。他给病人用针，也不过针一两处，下针的时候，他总是很有把握地对病人说："这针下去，你在哪里会有感觉。等你有了感觉，就对我说一声。"当病人说"有了"时，他就把针拔出来，病人的病也很快就好了，真是灵验。

如果病人的毛病针灸和汤药都够不到，需要开刀的话，他就让病人喝一种名叫"麻沸散"的药，不一会儿，病人醉得失去了知觉，他就给病人动刀，取出患病的结块。如果是肠子出了毛病，他就把肠子剪断，洗干净，重新缝上，然后涂上药膏，过一个月，伤口就会复原，再过四五月时间，病人的身体就会好起来。

谯县
今安徽宿州和亳(bó)州一带。

那时候，曹操患了头痛的毛病，每次发病的时候头昏眼花，冷汗直冒，整夜睡不着觉，痛苦得不得了。手下的人向他推荐华佗，曹操就把华佗召来，让他跟在自己的身边，形影不离。每次头痛病一发作，华佗只要给他一用针，他的头马上就不痛了，灵验得很。曹操觉得华佗这个人确实有本领，赏赐他不少财物。

华佗本来是个读书人，四书五经都很精通，后来学会了治病，觉得能为天下百姓造福也值得，这才专心致志地行起医来。如今被曹操召进宫，只给曹操一个人治病，他怎么受得了？华佗牵挂着家乡的病人们，也时时想念自己的家人，宫里的生活虽然养尊处优，他却一点儿也不习惯。于是，他对曹操说道："丞相的病一时三刻断不了根，要不断地治疗，才可以多延长些岁月。刚才我在门口见到家乡来的人，说我家中有事，催我回去一趟，我来向丞相告假。"曹操想，这几天自己精神蛮好，就让他回去一趟吧。于是，他一挥手，让华佗走了。

谁知道华佗这一走，根本就没想着要回去。四乡八里的乡亲们知道华佗又回来了，都奔走相告——谁家有病人了，都赶紧去找他。华佗家门庭若市，要走也走不了。他索性托人带信给曹操，推托说老婆生病，还要请假，之后又一而再再而三地要求延长假期。曹操几次写信催他，还发布一道命令，要郡县的官吏勒令他回到宫中。这时候，曹操身居丞相，大权在握，跟皇帝也差不多了，他说要怎么就怎么，谁敢违抗？可是华佗却偏偏是个倔脾气，心想：我有一身的行医本事，天底下的老百姓都需要我，我何必老是去伺候他一个人呢？于是，华佗就一直推三推四地不肯上路。

曹操终于发火了，派出亲信到谯县查看，并吩咐道："如果华佗的妻子真的生了病，送给他四十斛(hú)*小豆，宽延他的假期，让天下人知道我曹操也是个宽大为怀的君子；如果是假病，当场给我抓起来治罪。"

派出去的人到那里一看，妻子生病果然只是借口，就把华佗抓了起来，押送到许昌的监狱里。经过审问，华佗老老实实承认了装病的罪。

有个叫荀彧(xún yù)的官员出来替华佗说情。他对曹操说："华佗的医术确实高明，他能救活许多人的性命，世上少不了这种人，丞相就发发慈悲，宽恕了他吧。"

曹操冷笑几声，对荀彧说："我曹操才是世上少不了的人呢。这个华佗居然敢跟我作对，敢冒天下之大不韪，我怎么可以轻饶他？行医之术不过是雕虫小技罢了，死了个华佗，照样还会有张佗、李佗，怕什么？"说罢，曹操当即下令，将华佗判处死刑。

华佗临死的时候，拿出随身所带的一卷医书，送给看管他的狱吏，对他说："这本书里讲的全是怎样把人救活的道理，请你妥善保存，设法传给后代。"

那个狱吏是个胆小鬼，怕曹操追究，一张脸吓得煞白，死活也不肯收下这本书。华佗长叹一声，向他讨了火来，一狠心，就把这卷医书烧掉了。人们说，华佗的医术大部分没能传下来，就是因为这个缘故。

再说，华佗死后，曹操头痛的老毛病还不断发作。每当这个时候，他就会想起华佗，还老是喃喃地说："这个华佗，真是拿他没办法。明明可以治好我的病，他却故意拖延时日，就想留一手，以此抬高自己的身份。不过，即使我不杀死他，他也会永远

斛
旧量器，方形，口小，底大，容量本为十斗，南宋末年改为五斗（一斗为十升）。

记恨我，不肯把我的病治好的，杀就杀了吧。"

后来，曹操的儿子曹冲得了重病，到处请医生，都没能治好。曹操这一次才后悔起来，拍打着床沿，懊丧地说："唉，我真不该把华佗杀了，害得我眼睁睁地看着儿子死去！"

【故事来源】

据晋朝陈寿《三国志·魏书·华佗传》译写。

桃园结义

> 解梁
> 今山西运城市临猗(yī)县西南。

三国鼎立时候，蜀汉刘备有两个结拜兄弟：老二关羽，老三张飞。刘关张桃园三结义的故事，流传千古，家喻户晓。

据说，关羽其实并不姓关。年轻的时候，他身强力壮，勇猛无比，练就一身出色的武艺，在家乡蒲州解梁*一带远近闻名，没有一个人是他的对手。他生就一副热心肠，路见不平，拔刀相助，常常闯祸。父亲为了这个儿子，老是给别人赔不是，收拾残局。为此，他好不烦恼！一发火，他索性把关羽关在后园的一间空屋里，不让他随便走动。

一天夜里，关羽忍耐不住这冷冷清清的生活，打开窗户，悄悄地从屋里溜了出来。没走多远，他忽然听见东墙外有女子在哭。哭声凄凄哀哀，好不伤心；再仔细一听，边上还有一个老人的声音。关羽这时早已忘记了父亲的再三告诫，当即翻过园墙，寻声过去，要问个明白。

那个老人哭哭啼啼地对他说："我这个女儿早已许聘给人家了，想不到解梁县县官的舅爷听说我女儿长得漂亮，竟死乞白赖地找上门来，非要娶我女儿做小老婆不可。我不答应，可是又斗不过他，无奈之下，只好到县官那儿去告状，谁知道反被县官斥骂一顿。唉，你想想看，哪里还有什么王法？明天天一亮，县官的舅爷就要打发轿子到我家抬人了,我们孤老弱女二人,能有什么办法呢?"

关羽眼里容不得半粒沙子,一听老人的哭诉,肺都快要气炸了。他拍着胸脯表态说:"你们尽管回去睡觉,天大的事情我会替你们承担的。"说罢,他孤身一人冲进了县衙门,不费吹灰之力,就把县官和他的舅爷都杀死了。

关羽走出县衙门,一阵冷风吹过来,他清醒了。哎哟!这事不好办,一下子杀死了两个人,人命关天,官府不会就此罢休的。怎么办?家里是回不去了,他只好朝城外逃去。

这一逃就逃到了潼(tóng)关(今陕西渭南市潼关),只听得路上行人议论纷纷,都说关门上正挂着一个年轻人的画像,是个杀人凶手,差役们正在搜捕他。关羽知道他们要抓的正是自己,看来形势急迫,要想蒙混过关是不可能了。

怎么办呢?关羽一时心急如焚,走投无路,就先躲到了河边的一个石埠(bù)上。到了水边,他朝水里一照,才知道自己好久没洗脸了,就掬起一把河水先洗脸。这一洗,却洗出名堂来了,等到他再朝河里一望,忽然发现他的脸竟变得通红通红的。真是奇怪!这一变真是老天爷帮忙,连他自己也差一点认不出自己了。还怕什么?好哇!他当下壮了壮胆,整一整衣衫,大摇大摆地来到潼关。

守关的将官一看,来了个满面通红的年轻人,跟关口挂的犯人图像并不相像,自然不放在心上,随口问了一声:"姓什么?"

年轻人一愣,心想:"不可大意,自己原来姓什么,是千万说不得的。"他灵机一动,指着潼关的门楼,说:"喏,我就姓潼关的关!"

"姓关？好，没事了！"守门将官手一挥，放他过了关。

从此以后，这个解梁的年轻人就姓了关，一直到死，人们都叫他关公。

关公的一张脸，打这以后也就一直是通红通红的了。关公的脸怎么会变红的呢，有几种说法：有人说，是急红的；也有人说，是火神为了报恩，把自己的红脸借给了他；还有人说，关公是龙转世，是由一滴龙血变成的，所以这张脸总是通红通红的。

关公又朝东走，一走走到了涿州（今河北省中部一带），那里有个张翼德，是个卖肉的汉子，浑身是力，武艺高强。张翼德有个怪脾气，他每天只卖半天肉，到了中午，总是把剩下的一大块肉挂到一口井里，井里凉飕飕的，肉就不会坏了。他双手搬过一块五百斤重的大石头，盖在井口上，当众说道："谁能举起这块石头来，这肉就送给他了！"

关公路过这里，一听，还有这种事情？就当场走过去，一伸手，很轻松地就把大石头掀翻了。他闷声不响，拎起那一大块肉就走。

张翼德在旁边看得一清二楚，心里想："白送你吃一块肉没啥，这是小意思，我才不在乎呢。我在乎的是你目中无人，居然在大庭广众之下坍我的台，把我张翼德小看了！这口气，说什么我也咽不下去。"想到这里，他拔腿就追，跟关公打了起来。

这一打，开了头就收不了场。他俩从早打到晚，又从晚上打到天亮，足足打了三天三夜，难解难分，谁也劝不开。

这时候，正好刘玄德走过这里。他是个卖草鞋的，文质彬彬，像个读书人，看见集市上两条汉子在打架，老远就喊了过去："别打了，别打了，有什么事不能好好说吗？"

旁边看热闹的都暗暗好笑,心想:"这么多人都劝不住,你这副模样简直是稻草人救火——自身难保,管什么闲事啊?"谁知道,刘玄德走到跟前,一只手抓住关公的胳膊,一只手抓住张翼德的胳膊,朝两边一分,再往下这么一按,嗬哈,两个人都动弹不得了,好厉害!后来人们都说,这叫"一龙分二虎"。

边上的人一迭声地叫好,关公和张翼德也暗暗佩服,一问,原来他就是久闻大名的刘玄德。于是,三个人聚在一起,讨论起天下大事来了,谈得十分投机,彼此都有相见恨晚之感。谈完了,三人手拉着手,到桃园里结拜,成了异姓兄弟。

说起桃园结拜,这里还有个小故事。结拜兄弟,总得排一排长幼,谁是老大,谁做老三呢?先是各人自报出生年月,一报,傻眼了,竟然都是同年同月同日生的。这怎么办?张翼德抬头一看,桃园里有一棵大树,根深叶茂,郁郁葱葱,便灵机一动,提议说:"我们比上树吧。"

刘玄德朝关公看看,两个人点了点头,说:"好,就比上树。"

张翼德眼疾手快,跑到树下,"嗖嗖嗖"一溜往上爬,一下子就爬到树的最高枝上。关公连忙也跟着爬,心想:"上有兄,下有弟,我爬到中间也够本了。"所以他爬到半中间,就不爬了。刘玄德呢,他心中有数,不慌不忙走到树下,抱住树身子,索性不爬了。

张翼德得意扬扬,在树上说:"好,你们就叫我大哥吧。"

刘玄德却说:"别急,我先问你,这树是先扎根呢,还是先抽树梢子呀?"

张翼德没领会他的意图,随口就说:"自然是先扎根的。"话刚一出口,发觉自己上了当。

刘玄德这才哈哈大笑,稳稳当当地说:"这就对了。我抱根,你上梢,谁大谁小,还不是明摆着的吗?"

张翼德心服口服,只好乖乖地叫他一声大哥。刘关张三兄弟的位置,据说就是这样排出来的。

【故事来源】

据清朝梁章钜《归田琐记》引《关西故事》译写。结尾处"刘关张三兄弟排位置"的插曲是根据当代民间传说加以补充的。

七步成诗

三国的时候，在曹操的几个儿子中，要数曹植的文才最好，写诗做文章从来都是一挥而就，才思相当敏捷。有一年，曹操建成一座铜雀台，让几个儿子当场作赋，那时曹植才十八岁，又是他写得最好。所以，曹操多次想立曹植为太子，想将来把江山传给他。

曹操的第二个儿子曹丕也是很有文才的人，他十分嫉妒弟弟的才华，千方百计地排挤他。曹植虽知道写诗，却不懂得官场这一套，几次遭受算计，给曹操留下了越来越差的印象。终于，曹丕被立为了太子。

后来，曹丕继承父位担任丞相，不久又自立为皇帝，这就是历史上的魏文帝。

曹丕当了皇帝之后，还是念念不忘当年的恩怨，总觉得这个聪明的弟弟留在世上实在是一大祸害，就找了个理由把曹植抓了起来。这时候，他的母亲卞太后忍不住了，哭着对他说："你们总是亲兄弟嘛，怎么一点也不留情面呢？"曹丕才不得不敷衍母亲，说："只是想教训教训他，不会对他怎么样的。"

这天，曹丕板着脸对曹植说："人家都说你文才好，我有些怀疑，是不是有人在暗地里帮你写？今天在这大堂之上，我限你在七步之内成诗一首，如果写不成，就说明你以前都是在骗人，定要施以重刑。"

曹植心中很不是滋味，但还是不慌不忙地说："好的，就请你出题吧。"

"以'兄弟'为题，诗中不可有'兄弟'二字。"

曹丕的话刚刚说完，曹植就开始迈步了，一边走，一边不假思索地吟出这样的诗句：

> 煮豆持作羹，漉菽(lù shū)*以为汁，
> 萁(qí)在釜(fǔ)下燃，豆在釜中泣。
> 本是同根生，相煎何太急！

漉菽
漉，留下渣，滤出汁；菽，豆类的总称。

这是一首既通俗易懂而又寓意深刻的诗，意思是说：煮豆子做豆羹，在锅底下烧的柴火却是豆梗，豆梗烧得很是猛烈，豆子忍不住在锅里哭了起来——我们本来都是一条根上长出来的，你为什么煮我煮得这么狠心呢？

曹植的诗刚念完，七步也走到了。曹丕听完这首诗，满面通红，十分惭愧，于是免了曹植的罪。

【故事来源】

据南朝宋刘义庆《世说新语·文学》译写。流传后世的《七步诗》只剩下四句，见于宋朝佚名的《漫叟诗话》，诗云："煮豆燃豆萁，豆在釜中泣。本是同根生，相煎何太急！"后来，人们把这个故事当成了典故，用"七步诗""七步才""七步成章"比喻文思敏捷，才气过人；又用"煮豆燃萁""豆萁煎逼""相煎何急"比喻内部不和、自相残害。

乐羊子妻

河南乐羊子的妻子是个很了不起的女性，大家不知道她叫什么名字，可都在传颂着她的事迹。

有一次，乐羊子走在路上，拾到一块金子，兴冲冲地拿回家，交给他的妻子。妻子问清楚金子的来历之后，神色严肃地对他说："我小时候听大人说，有志气的人不喝盗泉的水，有志气的人宁可饿死也不吃嗟来之食，可是现在你倒好，从路上捡来一块金子，居然就沾沾自喜，品德岂不是太糟糕了！"乐羊子被她说得满脸通红，连忙把那块金子送回到原来的地方。

后来，乐羊子到远方求学，一年之后回到家中。妻子见丈夫回来，十分高兴，恭恭敬敬地问他："你为什么回来了？是学业读完了吗？"

乐羊子笑嘻嘻地说："学业还没有读完，是我想念家里，就回来看看你们。"

乐羊子的妻子一听，闷声不响，拿起剪刀就走到织布机边上，"咔嚓"一声，把一匹还没有织完的布剪断了。她痛心地说："这匹布来之不易，先是养蚕吐丝，蚕结成蚕茧，然后从蚕茧中缫丝纺成纱，再上织布机，一寸一寸地，把纱织成布，一尺一尺，织成一丈；现在一刀剪下去，就前功尽弃了，岂不可惜？！你到外边求学的道理不是和我在家织布一样的吗？你怎么可以半途而废，就因为想家而放弃自己的学业呢？"

乐羊子又被她说得满脸通红，觉得自己不如妻子有志气，便又回去读书。这一读就读了七年，中间一次也没有回过家，终于成为一个很有学问的人。

还有一次，邻居家有一只鸡闯进了乐羊子家的菜园子，乐羊子的母亲看见了，偷偷地将鸡抓住，烧鸡肉吃。

乐羊子的妻子看见了，对着已经烧好的鸡肉偷偷落泪，一口也不吃。她婆婆觉得奇怪，问她："你不吃鸡肉，老是掉眼泪，这是为了什么？"她说："我伤心我们家里太穷了，竟吃起别人家的鸡来了。"婆婆一听，知道自己做错了，就把鸡肉全送还给邻居，并向邻居赔礼道歉。

又有一次，一个强盗看上了乐羊子的妻子，他知道乐羊子的妻子很孝顺婆婆，就故意先把婆婆抓了起来。

乐羊子的妻子听到响声，连忙从厨房里拿了一把菜刀追了出来。强盗对她说："你把刀扔掉，乖乖地跟我走，你一家人就都可以保全性命。你要是不肯跟我走，我就把你的婆婆先杀掉。"强盗以为这样威胁，一定可以把她吓住。

谁知道乐羊子的妻子根本不怕死，她仰天长叹一声，竟举起菜刀自刎而死。

强盗被吓坏了。他从来也没见过这样坚贞的女子，吓得一双手簌簌（sù）发抖，也不敢杀乐羊子的婆婆了，逃离了现场。

后来，当地的太守知道了这件事，就立即派出差役四处缉捕，很快将那个强盗抓住了。同时，太守还赏赐给乐羊子家许多布帛，十分隆重地为他的妻子下葬，并在她的墓地上立了一块碑，碑上刻着"贞义"两个大字。

【故事来源】

据南朝宋范晔《后汉书》卷八十四《列女传》译写。

广陵散

三国魏的时候,有个叫嵇(jī)康的人,因为做过中散大夫,所以人称嵇中散。

嵇中散气质高雅,博学多才,又善于弹琴,喜欢四处游览。有一次他朝西南方向旅行,离开洛阳城几十里路有个亭子,叫华阳亭,他就在那里投宿。到了夜里,这儿没有一个过路客人,他一人独自住了下来。据说,在这儿借宿的人大多没有好结果,所以轻易不大会有人来。嵇中散心胸坦荡,没什么好害怕的,就无所顾忌地住了下来。

半夜时分,他睡不着,索性弹起琴来。一个曲子接着一个曲子,琴声幽雅飘逸,在静夜里格外动听。这时候,空中隐隐约约竟传来了赞扬声。

嵇中散并不在乎,一边抚琴一边跟那声音打招呼:"你是什么人?"

那声音幽幽地回答:"我是已经死去的人,埋在这儿的地下,怕有好几千年了吧。今夜听到先生的琴声,曲调清脆柔和,情趣高雅,感人至深,我一向爱琴,所以忍不住过来听听。唉,我本是黄帝时的伶人,不幸死于非命,身体已经毁坏得不成样子了,本来很不适合出来见你的。你如果不嫌弃,愿意交个朋友的话,我就来和你相见。先生再弹几支曲子吧。"

嵇中散一向落拓不羁，又弹起琴来，一边打着节拍，一边说："夜已经深了，你怎么还不出来呢？人的形体相貌有美有丑，没什么可以计较的，来吧。"

于是，这个鬼来到嵇中散身边，高兴地说："今夜听你弹琴，我不由得感到心旷神怡，恍惚之间好像又复活了。"于是，它便和嵇中散一起谈论起乐曲，说话十分清楚，就跟活人一样。

谈到后来，这鬼的兴致越来越浓，便对嵇中散说："先生能不能把琴让给我来弹一弹？"嵇中散毫不犹豫地把琴递给了它。它一口气弹了好几支曲子，大多数也是常见的曲调，没什么出奇之处，只有一首《广陵散》，声调绝妙，从来没听到过。嵇中散如获至宝，当场跟这鬼学了起来。他是个聪明绝顶的人，不一会儿就全学会了。他觉得，这是世上最神妙的曲子，过去学过的乐曲没有一首能比得上它。

那鬼一边教，一边再三叮嘱，说这支曲子不能教给别人，也不能说出它的姓名。天快亮时，那鬼依依不舍地跟嵇中散告别，说道："今夜虽然只是一面之交，却好比千百年长久，长夜即将过去，怎不令人怅然！"

【故事来源】

据东晋荀氏《灵鬼志》译写。

父子清慎

三国时候，魏国有个官吏，名叫胡质，寿春（今安徽寿县）人。他在曹操手下当过县令，为官清廉，做事谨慎，到了魏文帝时，做了东莞太守，后来又升为荆州刺史。胡质家教严格，家中的儿孙们个个品德高尚，很有气节。

有一次，胡质的儿子胡威从京都洛阳出发，一路南下，到荆州去探望父亲。父亲当刺史了，儿子要来，派个差役去接一接，也是小事一桩，可是胡质却觉得这是私事，不该动用公家的人。再说，胡质虽然名声在外，家境却十分贫困，所以胡威出远门，没钱雇车马和仆人，只是孤身一人，骑着家中的那头瘦驴子上路。每到一处，要过夜的时候，他也和赶路的商贩、脚夫们一起挤在板车店里，自己砍柴烧饭、提水饮驴，同路的人谁也不知道这个年轻人居然是刺史大人的儿子。

最后他终于到了荆州，见到了父亲。可是父亲胡质却说："很不巧，官署里的客房正住着人，没地方可以住了，怎么办呢？"

胡威连忙说："没关系的，我还要喂驴呢，就睡在马厩里吧。"

胡质点点头，欣慰地说："也好，也好。"

就这样，胡威在马厩里一住住了十几天。

这天，胡威要回洛阳去了，来向父亲辞行。胡质笑呵呵地说："我这儿没啥东西，有一匹绢送给你，你可以把它卖了换钱，充作盘缠。"

胡威一听这话，不觉愣住了，当即跪在地上，十分恭敬地问父亲："大人为官一向清廉，不知道这匹绢是从哪里来的？"

胡质坦然地说："你尽管放心拿去，这是我从俸禄中节省下来的，所以才会送给你。"胡威放心地接过这匹绢，告别了父亲。

却说胡质的部下有个都督，一心想巴结上司，好升官进爵，飞黄腾达，可就是找不到个好机会。如今他听说刺史大人的儿子要回洛阳，想着机会来了，当即在胡威动身之前，预先向胡质请了个假，说是回乡省亲。

其实呢，他是准备了充足的衣食物品，在百余里外的大路边上等候胡威。胡威到了那里，这个都督主动上前打招呼，说是自己也要到洛阳去办事，实在巧极了，正好结伴同行，相互有个照应。

胡威朝他看看，心想："我并不认识这个人，他怎么这样热情？不过出门在外，有个同伴总是好事。"于是，他就答应了下来。一路上，这个都督处处照顾胡威，帮他做饭，帮他喂驴，还帮他出主意，什么地方可以休息，什么客栈可以过夜，一切都安排得井井有条。就这样，两人一直走了几百里路，胡威对他很是感激。可是，仔细一想，他又觉得有些蹊跷："他为什么对我这么好？或许有什么事要求我帮忙吧？"

一天傍晚，两个人在一起喝酒，胡威假装喝醉了，拉着都督的手说："一路上多蒙你这么尽心尽力地照顾我，我真不知道该怎么感谢你才是。不过我至今还不知道你是干什么的？说起来，我是

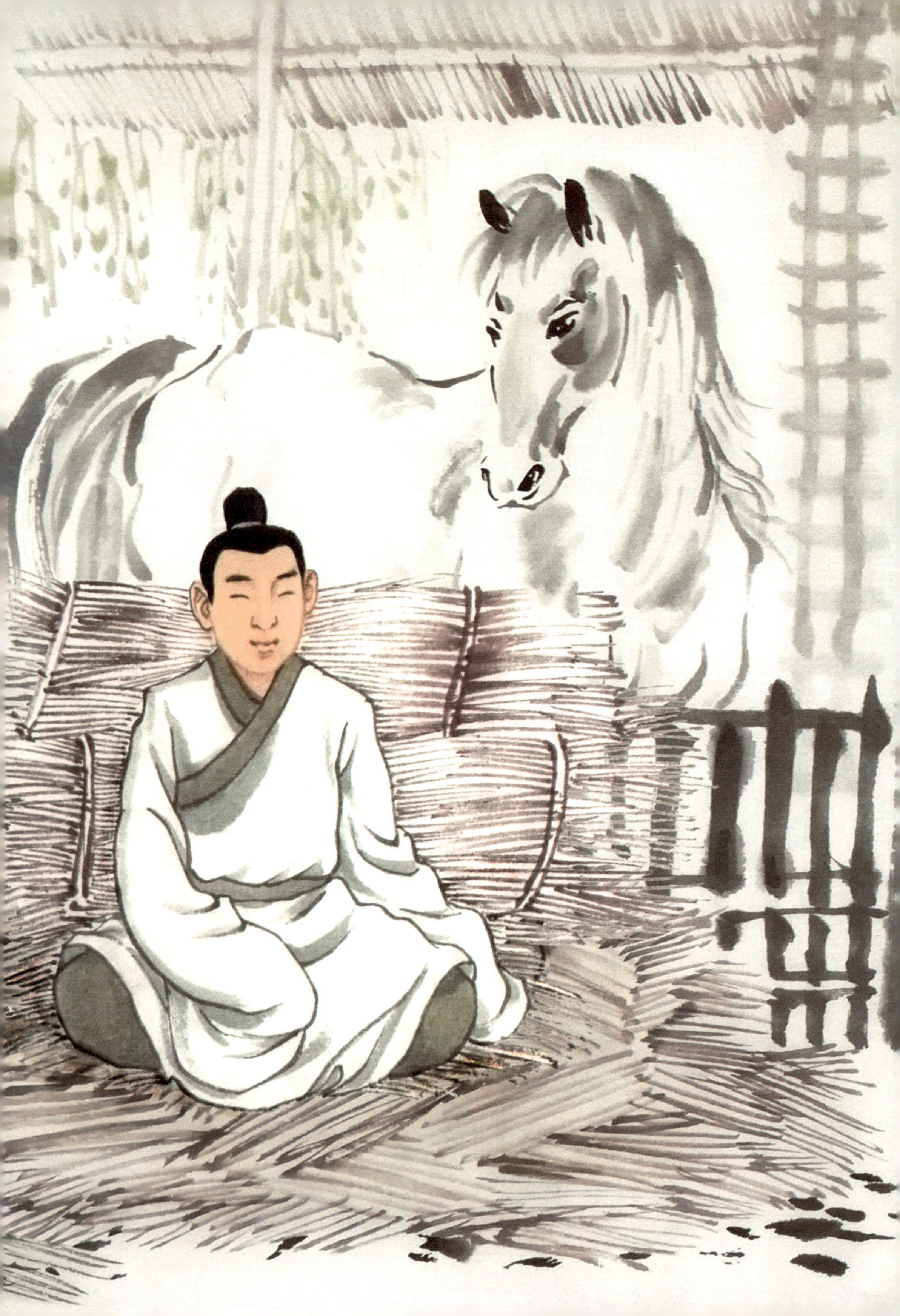

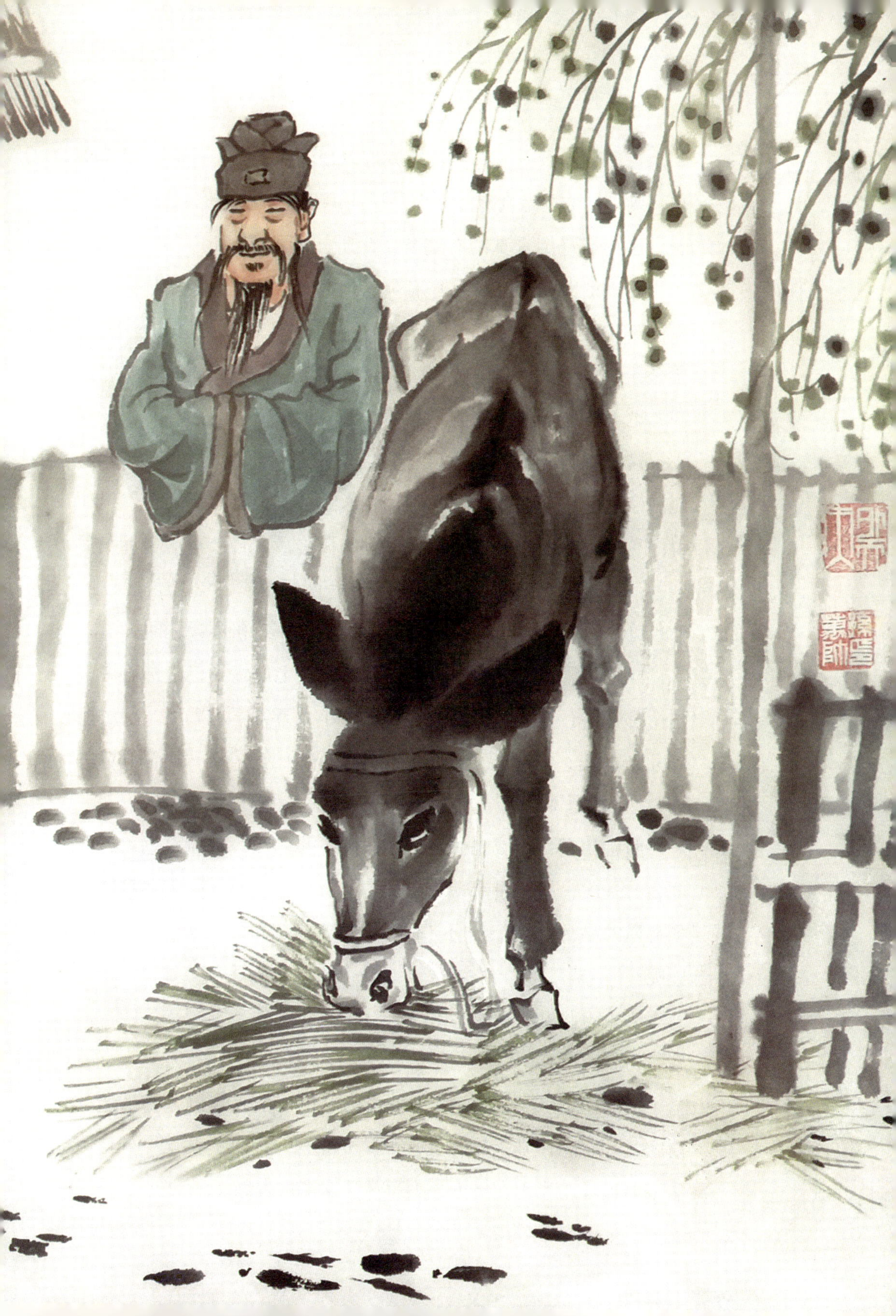

一个普通百姓，也没有什么地方可以帮助你的，不过我的父亲是荆州刺史，你要是真有什么事，说一声，我可以助你一臂之力。"

这个都督倒是真的有些醉了，听胡威这么一说，正中下怀，他当即一拍大腿，说："好！有你这句话，我就放心了。咱们真人面前不说假话，我就直说了。我姓张，在令尊大人手下当都督，望公子在令尊大人面前美言几句，有什么机会来了，提拔提拔我，也不枉这一路上的辛苦啦。"

这一说，开口见喉咙，都督的意图就全都明白啦。第二天，胡威拿出父亲送给他的那匹绢，转送给了这个都督，客客气气地说："你的心思我全明白了，我回到洛阳之后，自会写信告诉我父亲的。一路之上，承蒙你的照料，这一匹绢不成敬意，还望笑纳。你也可以回荆州去了。"都督喜滋滋地接过绢，乐颠颠地回去了。

回到洛阳，胡威写信向父亲报告一路上的情形，附带着说起这个都督的行径，并提醒父亲，这种小人万万不可重用。胡质接到儿子的信，再想想这个都督平日里的所作所为，终于下定决心，把他撤了职。

西晋初年，胡威也做了官，担任青州刺史，政绩出色，远近闻名。一次，胡威进京谒见晋武帝，晋武帝在胡威面前称赞他父亲胡质的品行，接着又问："你和你父亲比较起来，哪个人更加清廉呢？"

胡威不假思索地回答："我还比不上我的父亲。"

"为什么？"

"我父亲为政清廉，从不声张，生怕被别人知道。我虽然也清廉，却总想让别人知道我清廉。光凭这一点，我就觉得自己比父亲差远了。我正在努力，力争像父亲那样去做。"

晋武帝对胡威的回答很赏识，命令朝廷百官都向胡质父子学习。

【故事来源】

据晋朝陈寿《三国志·魏书·胡质传》注引《晋阳秋》译写。

蚁王报恩

这个故事发生在三国时期。

吴国富阳县（今属浙江杭州）有个名叫董昭之的人，有一次乘坐一艘渡船过钱塘江。船到江中心，风急浪高，他忽然发现前面不远处的水面上有一根小小的芦苇秆，不过二三尺长，正随着上下起伏的江波晃晃悠悠地漂荡着。再一细看，那芦苇秆上正爬着一只蚂蚁呢，这蚂蚁急匆匆地从芦苇秆的这头爬到那头，然后又从那头爬到这头，来来回回地折腾，很是可怜。

董昭之看着看着，不觉动了恻隐之心，心想："将心比心，自己一旦落水，不也是这样一副狼狈相吗？它现在最怕的就是淹死，我得救救它才是。"于是，他从船里找来了一根绳子，打上一个活扣，抛过去套那根芦苇秆，抛了几次都没套中，可他还是专心致志地套。后来终于套中了，轻轻一拉，芦苇秆就被拉到了船舷边上。

船上的乘客一看，哎哟，这芦苇秆上还有一只大蚂蚁呢，这可不行，纷纷嚷了起来："这种蚂蚁有毒的呀，万一它咬你一口，可不得了！""对，不能让蚂蚁爬到船舱里来。你要是不听，我马上就把它踩了。"船上乘客你一言我一语的，口气都很凶。董昭之很可怜那蚂蚁，可又不敢让它爬到船舱里来，正在犹豫时，渡船已经靠上了码头。董昭之上岸的时候，顺手把那根芦苇秆也拖上了岸，看见那只大蚂蚁已沿着绳子爬到地上，他才松了一口气。

当天夜里，董昭之做了一个稀奇古怪的梦。梦中的他不知怎么地又走到了白天渡江的那个渡口，只见一个身材矮小的人，穿了一身黑衣服，相貌堂堂，仪态威严，身后还跟着一百多个随从，那个人朝他恭恭敬敬地鞠了一躬，说道："今天我不小心掉进江水，幸亏你把我救了起来。我是虫王，今后如果你遇到什么紧急危难的事情，请尽管开口。滴水之恩，自当涌泉相报，我会报答你的。"董昭之正要跟他说话，旁边猛地窜出一只老虎，他一惊，大叫一声，也就醒了。

十多年后，江南一带局势不稳，盗贼横行，民不聊生。有一次余杭山下发生了一桩抢劫案，被抢的人是当地有名的大财主，案发之后报告官府，官府不敢怠慢，派出差役四处抓人。有人告发说，董昭之那天也在余杭山下经过，背了一个沉甸甸的包裹。这一下，他可就倒霉了，差役如虎似狼，不分青红皂白，就把董昭之抓了起来，关进余杭县的大牢里。董昭之大叫冤枉，再三辩白，却没有人理睬。

董昭之被关在黑洞洞的牢房里，心里实在懊恼，却又无可奈何。有一天，他和同牢房的犯人聊天，说着说着，就说起他那次过钱塘江时救了一只蚂蚁，后来那蚂蚁托梦来感谢他的事。董昭之长叹一声，说道："现在我被关进牢房，身不由己，教我到哪里去找这虫王呢？"

同牢房的一个犯人却觉得大有希望，对他说："蚂蚁跟蚂蚁都是有联系的。你看只要有一只蚂蚁发现了一块肉骨头，不一会儿，它就会叫来成千上万只蚂蚁，把这块肉骨头啃得干干净净。

如今，牢房里说不定也能寻得到几只蚂蚁，你把蚂蚁放在手掌心里，默默祷告一番，求它们替你带个信，说不定可以呢。"董昭之一听，好不高兴，当即在牢房的角落里寻找蚂蚁，果然找到了好几只，他再三祷告，求蚂蚁带信。

当天夜里，董昭之又做了一个梦。梦中，上次遇到过的那个穿黑衣服的人对他说："你的事我已经知道了，我会派部下来救你的。听说皇帝马上要颁发大赦的诏书，你逃出牢房之后，先到余杭山去躲一阵子，等大赦的诏书一下，你就自由啦。"董昭之好不高兴，连连向他磕头，等到再抬起头来的时候，那个穿黑衣服的人已经不见了。

董昭之醒过来一看，他的手上和脚上正有不少蚂蚁爬来爬去，不一会儿工夫，手铐和脚镣就开了。于是他偷偷溜出牢房，渡过钱塘江，躲进了余杭山。

没过多久，董昭之果然听人家讲，皇帝颁发了全国大赦的诏书，于是他高高兴兴地回家去了。

【故事来源】

据《太平广记》卷四百七十三引南朝宋东阳无疑《齐谐记》译写。

周处除三害

晋朝时候,吴郡义兴(今江苏宜兴)有个年轻人,名叫周处。周处早先的脾气十分暴躁,动不动就伸出拳头打人。说起来,他开始打人往往事出有因,走在路上,只要看见有人争吵,就插进去管闲事,自以为是江湖侠客,路见不平,拔刀相助。但是,他管闲事管上了瘾,常常是不分青红皂白,先打了再说,直到把别人打得鼻青脸肿,鲜血直流,他才高兴。所以周处打人打出了名,但十次里有九次是瞎胡闹,当地的百姓见了他,都赶紧躲开,生怕被周处打一顿。

那时候,义兴河里有一条蛟龙,山中有一头白额虎,常常出来伤害百姓,也是远近闻名的祸害。大家怨恨极了,在街头巷尾议论起来的时候,就把周处、蛟龙和猛虎合起来称作"义兴三害"。有的人还振振有词地说:"在这三害当中,要数周处最厉害。为什么?蛟龙、猛虎都是兽类,到底好对付些;周处是人,抬头不见低头见,躲也躲不过的,你说是不是?"这些议论,周处本人当然是听不见的。

后来,有个聪明人想出了一个办法,就去劝说周处。先是把他恭维了一番,说他武艺高强,热血心肠,如今义兴出现了蛟龙和猛虎,它们害人匪浅,百姓怨声载道,都盼着你能够见义勇

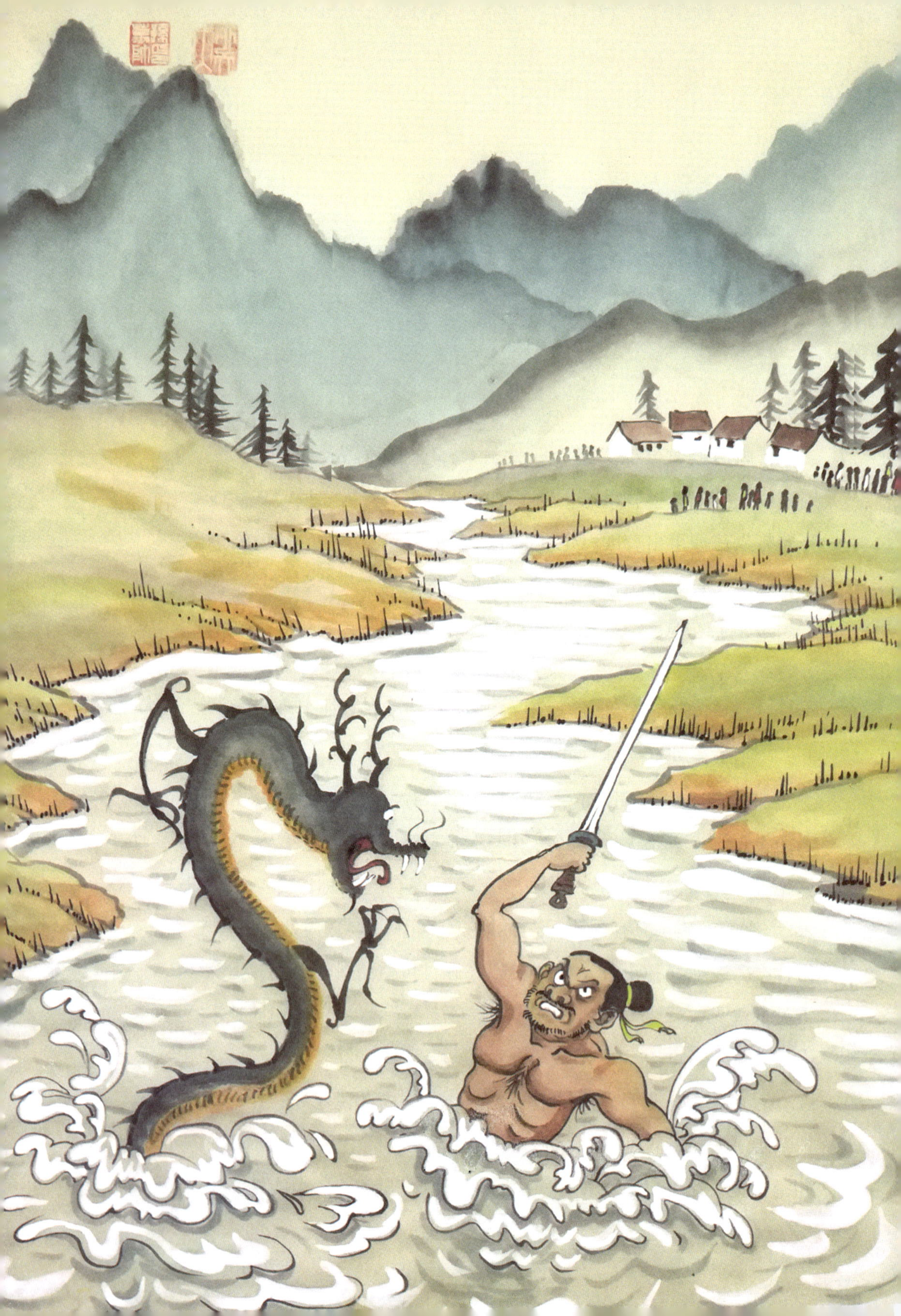

为,把蛟龙和猛虎除掉。其实呢,那个人心里却另有打算:让这三害互相斗起来,以毒攻毒,斗到后来,倘若三害当中能够灭掉二害,只剩下一害,总比三害都在的好,至少老百姓可以喘口气。这叫"坐山观虎斗"。

周处年少气盛,听了那人的劝告,毫不犹豫地跑进山去打老虎,经过一番厮杀,终于把猛虎杀死了。

周处把死老虎拖到大街上一扔,又一鼓作气,跳进了河里,去跟蛟龙搏斗起来。这条蛟龙可不好对付,一会儿浮上水面,一会儿又沉到水底。周处跟踪追击,一直翻腾了几十里,斗了三天三夜,水面才终于平静下来。许多老百姓都在岸边观战,手里捏着一把汗,后来看着没有了动静,都以为周处和蛟龙已经同归于尽了。大伙儿喜出望外,奔走相告,热烈地庆贺起来。

周处虽然把蛟龙杀死了,但他已经筋疲力尽。他手里紧紧捏着蛟龙的头,顺着水势一直淌到了下游,这才上了岸。

傍晚时分,周处悄悄走进一个村庄,只听得祠堂里正在大摆酒宴,人们兴高采烈,都在为周处的死而高兴。周处一听,心里头不觉猛地一震,这是怎么回事呢?他索性走到一个墙角仔细听了起来。这一听,才知道父老们原来都把他和蛟龙、猛虎一样看待,并且说"'三害'不除,百姓休想有太平日子!"周处这才大梦初醒,知道自己过去原来干了那么多坏事,名声已经很臭很臭了。他没有脸面去见父老乡亲,默默地离开了这个村庄。

周处一直从义兴走到吴县,去寻访当地的名人陆机和陆云两兄弟。那天陆机不在家,他就把自己的过失和懊丧的心情一五一十地讲给陆云听,然后心情沉重地说:"唉,我多么想轰轰烈烈干一番事业,做一个受人尊重的人呀;只可惜虚度年华,一事无成，反倒成了个坏人。如今年纪渐渐大了，恐怕这辈子再也不会有什么出息了。"

陆云诚恳地劝道："这话可就不对了。古人说得好，如果早上懂得了做人的道理，即使晚上死了，也是值得的。何况你现在年纪还轻，来日方长，怎么会无所作为呢？一个人怕就怕不能树立远大的志向，一旦树立了雄心壮志，再脚踏实地一步步去做，一定会成功的。"

听了陆云的劝导，周处痛改前非，重新做人，终于成为一名忠于国家又孝顺父母的有用之人。

【故事来源】

据南朝宋刘义庆《世说新语·自新》译写。

梁山伯与祝英台

据说,梁山伯与祝英台的故事发生在晋朝。浙江上虞县祝家庄祝员外有个女儿,名叫祝英台。她长得十分漂亮,人又聪明,看见许多男孩子都到杭州去读书,就整天缠着父亲,也要去读书。那个时候,女子是不许出门求学的,他父亲笑笑说:"你要是个男的,我就让你去了。"

祝英台想,这有什么难的?她回到房里一打扮,来了个女扮男装,再去见父亲,竟把父亲也蒙住了。好!既然连父亲都把她当成男的了,别人自然就更分辨不出啦!父亲没办法,只好答应她出门求学。

祝英台的嫂子在边上说风凉话:"千金小姐到外面抛头露脸,做出风流事来,连爹娘的面子也要丢尽啦!"祝英台和嫂子打赌,在天井里埋一只绣花鞋,要是她在外面不正经,绣花鞋马上就会烂掉;要是她清清白白,三年后,绣花鞋还会照样是新的。

祝英台在杭州读书三年,师兄师弟都不知道她是女扮男装。同学里面,有个叫梁山伯的,和祝英台最要好,两个人结拜兄弟,白天同桌,晚上同床。祝英台在床的中间放了一碗水,对梁山伯说:"不许把水碰翻。"梁山伯为人老实,和祝英台同床三年,这碗水从来也没有碰翻过。

三年之后，祝英台要回上虞去了，梁山伯依依不舍地送她。送了一程又一程，祝英台心里老早就喜欢上梁山伯了，一口一声"梁哥哥"，打了许多比喻，想跟他来个私订终身，梁山伯还是没有听出什么来。后来，祝英台对梁山伯说："我家有个小九妹，人长得很聪明，你明年到我家来提亲吧。"梁山伯信以为真，一口答应下来。

再说祝英台的嫂子存心要看她的笑话，每天用脏水去浇埋绣花鞋的地方，一心想让绣花鞋烂得快一点。谁知道就在埋鞋子的地方长出一株牡丹花来，嫂子越是用滚汤去浇，牡丹越是开得鲜艳。祝英台回家，当着家人的面去掘地，在牡丹花的下面，那只绣花鞋居然崭新，一点也没变颜色。她嫂子哑口无言，不敢再说三道四了。

第二年，梁山伯到上虞祝家庄拜访祝英台，这才知道祝英台原来是个女娇娃。哎哟哟，梁山伯后悔死了，同学三年，怎么一点也没有发觉呢？他有心向祝英台求婚，祝英台却眼泪汪汪地告诉他说："你来迟了。爸爸已经把我许配给财主的儿子马文才。'父母之命，媒妁之言'啊！"

两人泪眼相对，还有什么话好说呢？梁山伯闷闷不乐，失魂落魄地回了家。

后来，梁山伯当上了鄞县（今河南安阳）县令，因为一直思念祝英台，总是郁郁寡欢，不久就病死了。灵柩被家人运回南方，就埋葬在鄮(mào)城*的西门外。

再说祝英台，自从和梁山伯分别后，就一直哭哭啼啼，不肯嫁到马家去。可是她毕竟是个弱女子，最后还是无可奈何地被架进了花轿。那天，迎亲的船只从祝家庄驶往马家，路过梁山伯的

鄮城
今浙江宁波市鄞(yín)州区。

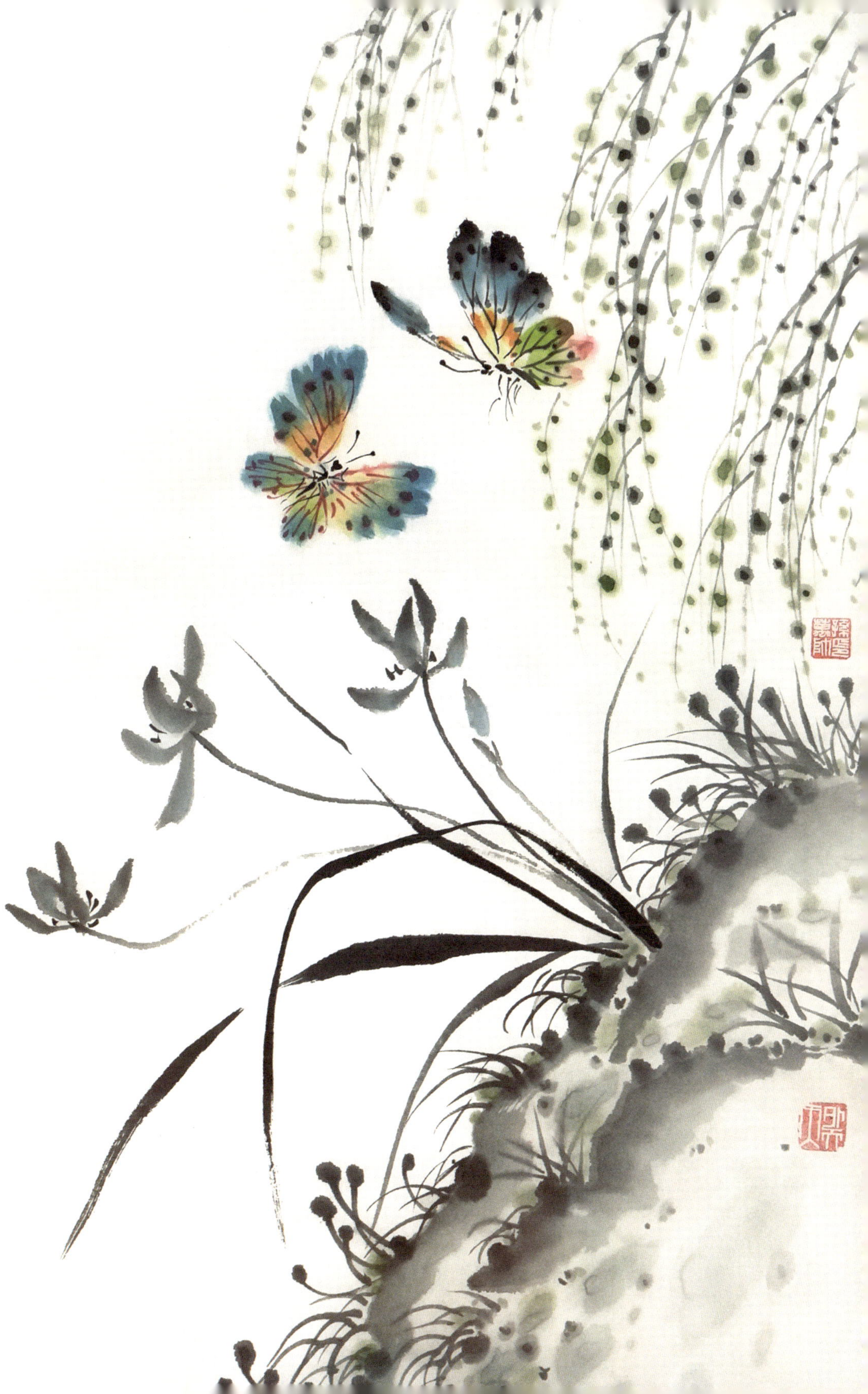

坟墓时，忽然刮起了一阵大风，天上乌云翻滚，河里波涛汹涌，船老大吓坏了，只好靠岸停泊。

祝英台掀开轿帘，一眼就看见了岸上梁山伯的坟墓，伤心的眼泪顿时簌簌地流了下来，她不顾一切地走上船头，要到墓上去吊唁一番。迎亲的人阻拦不住，想想梁山伯已经死了，吊唁就吊唁吧，就让她上了岸。

祝英台来到坟墓前，号啕大哭，当年在杭州同窗读书三年的一幕幕全都浮现在眼前。她一边哭，一边诉说着自己对梁山伯的思念之情，当她哭到"生前不能夫妻配，死后也要同坟台"的时候，忽然一声霹雳，惊天动地，梁山伯的坟墓竟裂开了。

祝英台一见，痛不欲生，当即跳进了坟墓。又是一声巨响，那坟墓又合拢了。

不一会儿，雨过天晴，从坟墓里飞出了一对蝴蝶，在阳光下翩翩起舞，相互追逐，越飞越远。人们都说，他们两人化成了蝴蝶。

从此以后，梁山伯与祝英台的传说故事就在各地流传开来。

【故事来源】

据《通俗编·白仁甫祝英台剧》引唐朝张读《宣室志》译写。这个传说在民间的影响很大。宋朝《乾道四明图经》、明朝《宁波府简志》《情史类略》、清朝《康熙鄞县志》《光绪宜兴荆溪县新志》等均有记载。千百年来，各地流传的关于梁山伯与祝英台的故事、歌谣、曲艺、戏曲，不胜枚举。译写时结合后世流传的异文有所补充。

书圣王羲之

东晋时期的王羲之,是个了不起的大书法家,人们称他为"书圣"。他曾经做过右军将军*,因为和当时的扬州刺史合不来,就辞去官职,到会稽定居下来。

王羲之爱鹅成癖,尤其喜欢大白鹅。那时候,会稽乡下有个孤老太太,养了一只大白鹅,常常泛游清溪,引颈长鸣。王羲之听说了,三番五次地托人去买,孤老太太总是不肯。这一天,他实在忍不住了,带着亲戚朋友要到老太太家中去做客,为的就是看看那只大白鹅。那个老太太听说城里有许多客人要来家里做客,一时找不到招待客人的菜肴,忙乱之中竟把那只大白鹅给杀了。

到了老太太家中,王羲之一口茶都还没喝,就提出来要看看她家的大白鹅。老太太说:"家里没啥好待客的,我把那只大白鹅宰了。早已下锅啦!"说着说着,就端上了几大碗热气腾腾的鹅肉来。王羲之见了,后悔得不得了,一连几天都吃不下饭。

当地有个老道士,也在道观里养了一群大白鹅。王羲之听说了,一个人悄悄地去看鹅,直看得如痴如醉,舍不得离开。

王羲之找到老道士,恳切地说:"道观里养的大白鹅,能卖给我一只吗?"

> **右军将军**
> 魏晋至南北朝期间,设置中军及左右前后军各将军,非常设,亦非实际领兵之官。王羲之曾任右军将军,故有"王右军"之称。

老道士知道他是鼎鼎有名的书法大师王羲之，故意摆起架子来，把头摇得跟拨浪鼓似的，连声说："不卖，不卖，观里的东西一向是不卖的。"

王羲之央求他："我宁可多出些钱，你就卖一只给我吧。"

"如果大人能为观里抄写一部《黄庭经》，不要说一只大白鹅，就是把这群鹅全部奉送给你，我也高兴。"

"好，一言为定。"王羲之顿时来了兴致。他平日里轻易不肯替别人题词写字，今天为了鹅，竟甘心情愿地坐了下来，非常用心地用正楷抄写了整整一部《黄庭经》。抄完之后，那老道士当即吩咐小道士准备了几只鹅笼，把这些可爱的大白鹅装进笼子，送到王羲之家中。

据说，当时王羲之一时高兴，又在溪边沙滩上用手杖一笔写成一个草体的"鹅"字，铁画银钩，笔力雄健，浑然天成。老道士设法把这字拓了下来，又请石匠把这个字刻在了石碑上。这个"鹅"字碑一直留传至今，如今，到浙江绍兴兰亭去游览的人们仍然可以一饱眼福。

有一次，王羲之到他的一个门生家里去，正好主人不在，他看见主人家中有一张茶几，木质细腻光滑，煞是可爱，不觉一时兴起，从边上取过笔砚，在茶几上写起字来。写完字后，见主人还没回来，他就先走了。

不一会儿，那个门生的父亲先回来了。一看，一张好端端的茶几上竟给人写上了字，心里有些不舒服，就端了盆清水来擦洗，可是洗来洗去总是洗不干净，不觉恼怒起来，又请来木匠用刨子刨。这一刨，才知道墨迹已经渗透到了木板下面三分深的地方。

这时候，王羲之的门生也回家了。一看这情景，着急得连连跺脚，说这是老师的手迹，可不得了，怎么可以把它刨掉呢？可是后悔已来不及了。

这件事后来传出去，大家都说王羲之真不愧是个"书圣"，写字都能"入木三分"，功夫是真正到了家！

还有一次，王羲之上街散步，走到蕺(jí)山这个地方，看见一个老婆婆，拿了很多六角形的竹扇在那里叫卖。竹扇做得挺好，可就是没人光顾。老婆婆是靠编织竹扇维持生活的，没人买她的竹扇，岂不伤心？她一个人蹲在地上，差一点要哭出来。

王羲之走了过去，拿出随身携带的笔墨袋，当场在老婆婆的竹扇上题起字来，不多不少，他在每把竹扇上都题了五个字。

老婆婆本来就想哭，见王羲之在她的扇子上乱涂，越发懊恼起来，说道："我本来就在发愁卖不掉，给你这么一涂，谁还会来买呢？"

王羲之笑呵呵地说："莫急，莫急。你对他们说，这是王右军的字，每把扇子值一百个钱，少一个也不卖。"

老婆婆朝他看看，有些弄不懂了，不过见他这身打扮，是个有身份的人，说话又十分诚恳，不像捉弄她的样子，就将信将疑地试试看。

这一试，果然灵光。别人一听说这是王右军的字，顿时拥了上来，争先恐后地掏钱买竹扇，不到半个时辰，一大把竹扇全被买光了。

老婆婆一看，嘿！这还真是个招财进宝的好门道呢。几天之后，她又捧了一大捆刚编好的竹扇，要去找王羲之题字。王羲之一看这架势，可受不了啦，只好躲了出去。据说，绍兴城里后来

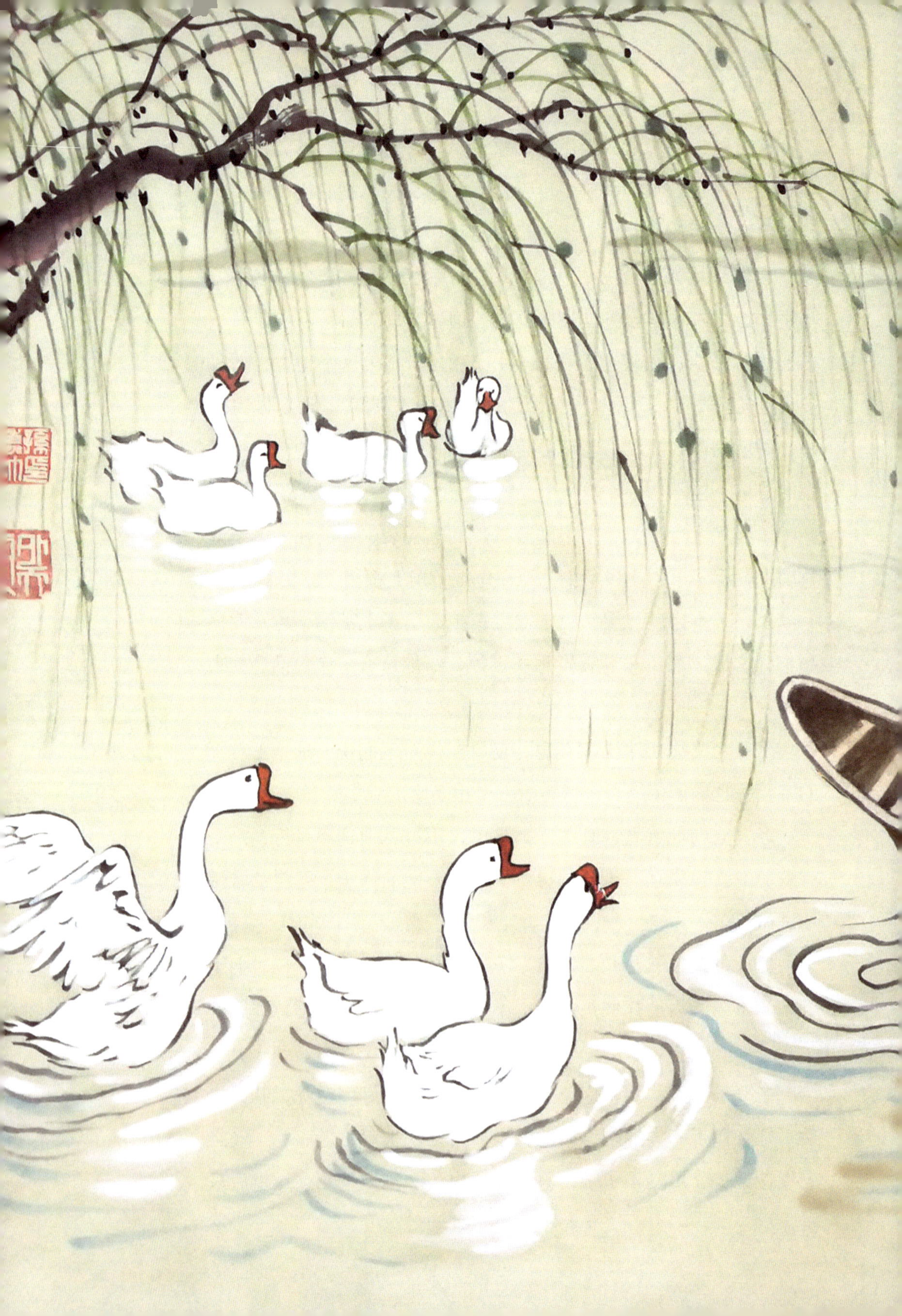

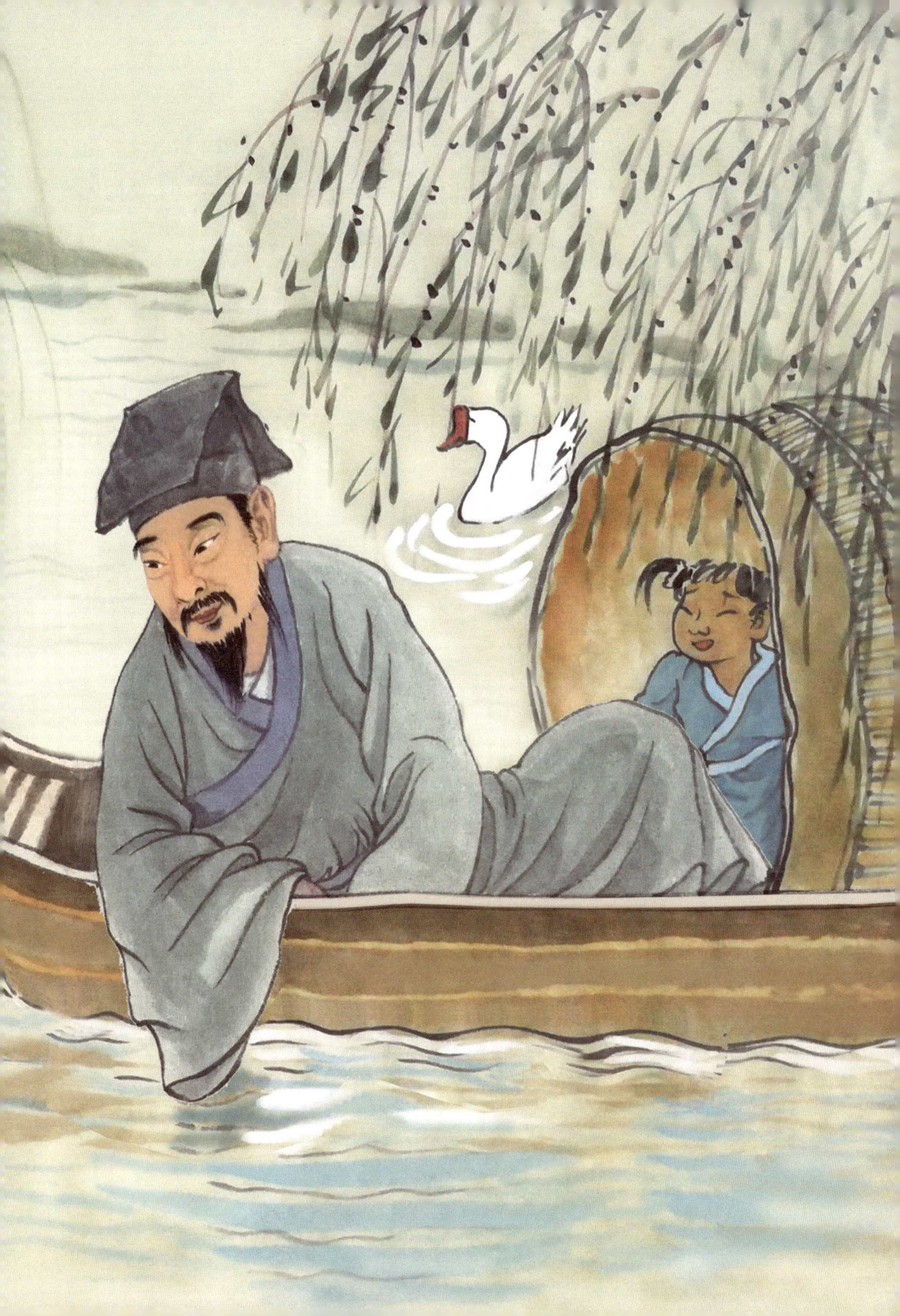

就留下来两处遗迹，一处"题扇桥"，是王羲之当年替老婆婆题字的地方；一处"躲婆石"，据说是王羲之当年躲避老婆婆的地方。"躲婆石"后来又叫"躲婆弄"。

【故事来源】

据唐朝房玄龄等《晋书·王羲之传》译写，个别情节参考明朝李日华《紫桃轩又缀》补充。

田螺姑娘

晋安帝的时候,福建侯官(今福州市)有一个名叫谢端的年轻人,从小父母就离世了,他无亲无眷,孤苦伶仃,全靠好心的邻居把他抚养长大。到了十七八岁,他还像个大姑娘似的,斯斯文文的,见了陌生人脸都会红。

谢端忠厚勤劳,样样农活都做得不错。可是他单身一人,白天在外面忙着耕作砍柴,晚上回到家里还得洗衣做饭,里里外外全他一人操劳,既辛苦,又寂寞,真是烦恼极了。邻居们非常同情他,几次劝他娶个老婆,早日成家立业,他每次都红着脸说:"你看我这么穷,讨了个老婆,也养不起呀。"

就这样,谢端一直过着孤单的光棍汉生活,一人吃饱,全家不饿。一年到头,他都起早摸黑,在农忙季节种好自己家的田后,还主动帮别人干活,干完了活,也从不在别人家里吃一餐饭,喝一杯酒。

这天,谢端帮邻居家耕田,累了整整一天,傍晚回家的时候,走过城墙边,看见护城河里的水碧清碧清的,就跳下去洗脚。洗着,洗着,他看见河边有一只大田螺,像一只可以装三升水的大壶,金光闪烁,十分耀眼。嘿!奇怪极了,谢端朝它看了又看,心想这一定是个宝贝,就好奇地把田螺拾了起来,揣在怀里带回家。他把田螺放在一只大瓮里，放上了水，养了起来。

后来，谢端还是和往常一样，每天一早就出门干活，可是回来的时候，总是看见桌上摆着热气腾腾的饭菜。起初，他以为是好心肠的隔壁大娘帮的忙，几次都觉得不好意思，想过去谢谢她老人家，可是每次都有人来请他去帮忙干活，就一拖再拖，一直没去成。

过了十多天，还是老样子，每次干活回来，他都发现家里有香喷喷的饭菜等着他。谢端想，街坊邻居帮忙，一次两次倒也罢了，哪能老是这样麻烦人家呀，于是他诚心诚意地去向大娘道谢。

大娘一听，奇怪极了，笑呵呵地说："我可没有替你做什么饭菜，你谢我干啥？"

谢端摸摸头皮，没话说了，心想：也许是大娘没有明白自己的意思吧。

可是，又过了十多天，天天还是老样子，一回到家里，就发现桌上已经摆好了可口的饭菜，热气直冒，可就是不见做饭的人。谢端忍不住了，又跑到隔壁大娘家里去，非要问个明白不可。

大娘哈哈大笑，说道："你这个后生真有趣，明明自己已经娶了个媳妇儿，藏在家里替你烧饭做菜，却偏偏说是别人帮的忙。再说，你这个人也真是太小气了，娶了媳妇也不让人家看她一眼，来跟我这个大娘开什么玩笑？"

听大娘这么一说，谢端越发糊涂起来，这到底是怎么回事呢？娶媳妇？想倒是想过，可是我这个穷光蛋又怎么娶得起媳妇呢？他左思右忖，总是弄不清这里边的缘故。

第二天拂晓，鸡一啼，谢端就假装跟往常一样，出门去干活；在天刚大亮的时候，偷偷地跑了回来，躲在自家门后，观察动静。

不多久，一个非常秀丽的姑娘，从瓮中冒了出来，娉娉婷婷地走到灶台前，卷起衣袖，手脚利索地做起饭菜来了。看到这一幕，谢端的心"怦怦"直跳，连忙从门后走了出来。

谢端对那个姑娘说："姑娘，你是从什么地方来的，为什么要替我煮饭烧菜、料理家务呢？"

姑娘想不到谢端这时候会回来，顿时惊慌失措，想避开他，重新再回到瓮里去。可是谢端挡住了去路，姑娘只好说："我是天河里的白水素女。老天怜悯你从小死了父母，孤苦伶仃，人又忠厚勤劳，年纪这么大了，还没有娶媳妇，所以派我下凡来帮助你。"

谢端一听，真是高兴死了，觉得眼前这个姑娘心地这么善良，正是自己日夜思念的意中人，不由得紧紧拉着姑娘的手，再也不肯放她回去了。

谢端和姑娘结成夫妻，相亲相爱，小日子过得十分甜蜜。

世上没有不透风的墙。谢端娶了一个漂亮姑娘的事，很快在四乡八里传播开去。县官听到这个消息，不觉动了心，想把这个姑娘霸占过去，做他的小老婆。

这天，县官把谢端叫去，对他说："我要虾蟆的毛和鬼的臂膀，限你在今天傍晚之前交到县衙门里来，如果交不出，拿你妻子来抵！"

谢端是个老实人，想想实在没有办法，不禁哭了起来。虾蟆哪里来的毛？鬼又怎么能捉得住？这不是比登天还难吗？他只好回家跟田螺姑娘商量。

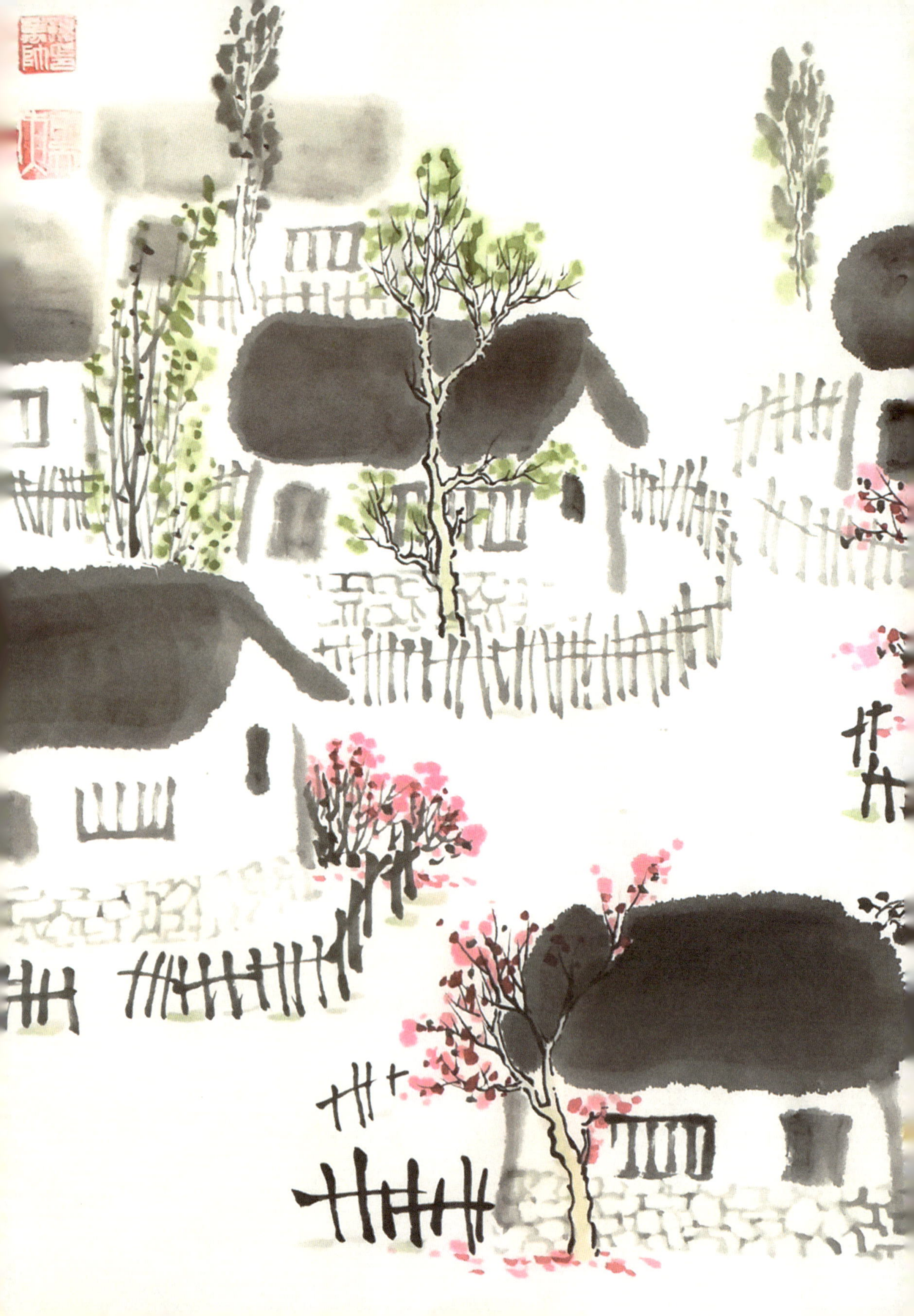

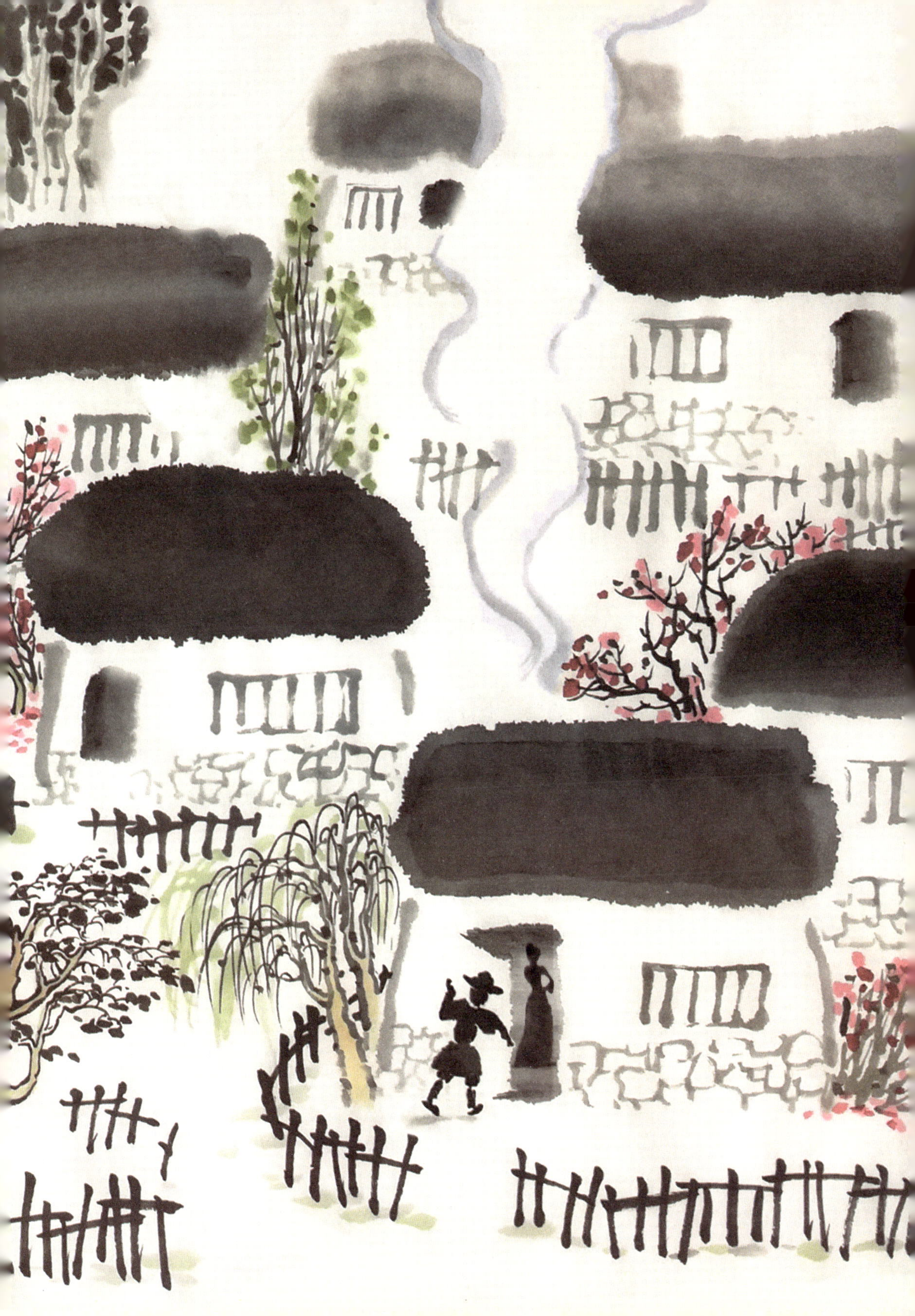

田螺姑娘却不慌不忙地对谢端说:"你要别的东西,我不敢答应。这两样东西,好办得很。你尽管到田里去干活,吃过中饭,我就给你办齐。"

到了下午,谢端拿着虾蟆毛和鬼臂膀去给县官。县官又说:"我还要祸斗一个,你马上给我弄来。若弄不来,就拿你妻子来抵!"

谢端吓得簌簌发抖,又哭丧着脸回家去。田螺姑娘一听,原来是县官要祸斗,她还是不慌不忙地说:"别急别急,我家就有祸斗,我去给你牵来。"果然,不一会儿,她牵来一头畜牲,跟狗差不多。田螺姑娘说:"喏,你拿去吧。这就是祸斗。"

谢端问:"祸斗有什么本事?"

田螺姑娘说:"它吃的是火,拉出来的也是火。你快点给县官送去吧。"

谢端将信将疑,牵着祸斗去见县官。

县官一见,大发脾气,一拍桌子说:"我要的是祸斗,你怎么牵一条狗来了?你倒说说看,这玩意儿有什么本事?"

谢端说:"它能够吃火,拉出来的也是火。"

县官不相信,就在大堂之上当场试验,命差役搬来一盆烧得通红通红的炭火。谁知道这祸斗果然奇怪,摇头摆尾地走上前,大口大口地吃起炭火来了。不一会儿工夫,满满一盆炭火被吃得一干二净。那祸斗吃完炭火,打一个饱嗝,就在大堂之上拉起火来。

这一拉可不得了,只见大堂之上,到处都是熊熊烈火,不一会儿工夫,就把县衙门烧光了。

谢端和田螺姑娘也不见了。有人说,他们夫妻两人都上天啦。

【故事来源】

前半段据晋朝陶潜《搜神后记》卷五《白水素女》译写；后半段据《太平广记》卷八十三引唐朝皇甫氏《原化记》译写缀补。

智擒山獉

南朝宋文帝元嘉初年，富阳有个农民，姓王，大家都叫他王大郎。王大郎在一条偏僻的沟渠里放了一只蟹簖(duàn)*，专门用来捉蟹。靠这只蟹簖，王大郎每天都能捉住几只蟹，拿到市场上去卖，换点钱回来。

有一天，王大郎一大早跑去看蟹簖，却看见那蟹簖已经裂开了，蟹全都逃了出去，一只也不剩。再一细看，蟹簖里莫名其妙地多出一段木头来，有二尺来长。这木头是怎么进去的？王大郎实在弄不明白，只好把那段木头取出来，扔在岸边，再把蟹簖修好，放在沟渠里。谁知道第二天去看，相同的事情发生了，木头又在蟹簖里，蟹簖破裂开来，蟹逃得一只也不剩。

这个地方十分偏僻，根本不会有人经过。王大郎想来想去也想不出这究竟是什么原因，怀疑这段木头是妖精。于是，他把木头取出来，放在自己随身带的蟹笼子里，又把蟹笼的盖子缚紧，挑上肩，一路走回去。他边走边说："我倒要看看，到底哪个厉害？一回到家，我就用斧头砍了它，把它烧掉，看它还作不作怪？"走着走着，离家还有二三里的时候，王大郎他听见蟹笼里有窸窸窣窣的声音，转过头一看，原先那段木头已经不见了，变成了一个怪物——人的面孔，猴子似的身子，只有一只脚。

簖
渔具名，插在水里捕鱼蟹用的竹或苇栅栏。

那个怪物朝王大郎笑了笑，那笑声比哭声还要难听，它说："实话对你说吧，我是山神，因为很喜欢吃蟹，才弄破了你的蟹簖，到簖里去吃蟹的。我们不打不相识，交个朋友怎么样？希望你能原谅我，开开笼子放我出来。从此以后，我一定处处保佑你，使你天天能捉到大蟹。好不好？"

王大郎摇摇头，说道："不行不行，你生性残暴，一而再再而三地破坏我的蟹簖，早就该杀了，我怎么可以放了你呢？"

怪物苦苦地向王大郎哀求，哭哭啼啼，好不可怜，王大郎索性转过头不去理他，加快脚步往回走。

那怪物又问："喂，你叫什么名字？能告诉我吗？"怪物一遍一遍地问个不停。王大郎闭紧嘴巴就是不理睬他。

离家越来越近了，那个怪物垂头丧气地说："唉，遇上你这个人，我还有什么办法呢？既不肯放我，又不肯告诉我名字，看起来我只好等死了。"王大郎一听这话，心里更有底了，一到家，就把蟹笼子连同那段木头一起塞进灶膛里去，点起火来把它烧了。那木头开始还发出"吱吱"的响声，过一会儿就什么声音都没有了。

当地的老人说，这是山獚（sāo），又叫山魈（xiāo），它一旦知道了人的姓名，就能够伤害这个人。幸亏王大郎没有理睬他，它的阴谋才没有得逞。

【故事来源】

据晋朝陶潜《搜神后记》卷七译写。山獚其实是我国古代生活在南方山区的一种猴科动物，当时人们对它缺乏了解，才与鬼神、精怪观念混杂，流传了一些十分有趣的传说故事。

张璞嫁女

有个叫张璞的,也不知道他是什么地方的人,做过吴郡(今苏南、浙北一带)的太守,为人正直,很守信用。

这天,朝廷下诏要他回京城去。于是,他带着一家老小,乘着一艘大船上了路。路过江西庐山,大家上山去游玩。山上有座神庙,装饰得金碧辉煌,庙里有一座神像,塑的是一个英俊少年,风度翩翩,人见人爱。张家的丫鬟指着这个神像跟大小姐开起了玩笑:"小姐如果能嫁给这么漂亮的郎君,一定会心满意足的。"小姐羞得满脸通红,竟不知道说什么才好。大家嘻嘻哈哈地说了一通,谁也没有把这当成一回事。

谁知就在当天夜里,张璞的妻子做了一个奇怪的梦。梦中庐山神带了一帮人来拜访她,十分礼貌和周到,客客气气地说:"我的儿子不成才,承蒙你看得起他,选他做女婿,我也觉得脸上有光彩。所以特地送上一份菲薄的聘礼,略表心意,希望你千万不要推却。"说罢,庐山神的随从们从门外抬进来一箱箱聘礼,珠光宝气,十分丰厚。

张璞的妻子吓了一大跳,刚要拒绝,却结结巴巴地说不清楚,想喊她丈夫出来,梦却醒了。一看,屋里果然多了几大箱彩礼。丫鬟闻声过来,就把白天在神庙里开玩笑的事又说了一遍。

这一下，张璞的妻子可吓坏了，一个劲儿地催促丈夫赶紧开船，想立刻离开这个是非之地。

想走，当然没那么容易。船到了半路上，再也走不动了。船上的人一个个都变了脸色，看起来一定是庐山神发脾气了，这可怎么办呢？大家手忙脚乱地把船上的东西往河里扔，想讨好神灵。谁知道还是不管用。

有个老人颤巍巍地对张璞说："庐山神以为咱们答应了这门亲事呢。咱们可得说话算数。大人，你看在全船几十口人性命的份上，把你女儿嫁出去吧。"大家也都说，让大小姐换回几十口人的性命，也是值得的。

死马当作活马医，只好这么做了。张璞长叹一声，低声说："你们看着办吧，我可不忍心看着自己的亲生女儿去死。"说罢，他到船舱顶的小阁楼里躺着，眼泪簌簌地往下流。

临到要嫁女儿的时候，张璞的妻子怎么也下不了这个狠心。她又想出一个主意来，让张璞已经死去的哥哥的女儿代替自己的亲生女儿，弄来一张席子，放在河面上，让那个可怜的女孩子坐在席子上，随波漂流。这样一来，大船果然又开得动了。

张璞从小阁楼上下来一看，咦！自己的女儿不是好端端地还在船上吗？这是怎么回事？他妻子就把李代桃僵的事说了一遍。这一下，张璞忍不住发起火来，大声地对妻子吼道："怎么能够言而无信，出尔反尔呢？"于是，他又马上找来一张席子，让自己的女儿坐上去，放入急流中。

说来也怪，当张璞的大船行驶到下一个埠头的时候，老远就看见两个女孩子都好好地站在岸边等候他们呢。她们边上有一个官员打扮的人，对张璞恭敬地说："张大人，我是庐山神的主簿。

庐山神对你的品格十分敬佩,决定把两个女孩子都还给你。"说罢,那个官员就不见了。

【故事来源】

据东晋干宝《搜神记》卷四译写。

宋定伯卖鬼

据说,南阳这个地方有个叫宋定伯的人,胆子很大,连鬼也敢卖。年轻的时候,有一次,他一个人在黑夜里赶路,半路上碰到了鬼。

他问:"你是谁?"

鬼倒也蛮直爽,开口就说:"我是鬼!"

接着,鬼又问他:"你呢?"

宋定伯一惊,心想:竟然真遇上鬼了,这事不好办了。不过他灵机一动,当即想出个应对的办法来,就骗它说:"我当然也是鬼了。"

鬼又问:"你准备到哪里去呀?"

"我要到宛(yuān)市去。"宛市是当时南阳县城里的一个集市。鬼说:"好啊,正巧我也要到宛市去,我们还是同路呢。"于是,他们两个一人一鬼,一起走路,一走走了好几里。

走着走着,鬼忽然想出个主意来,说道:"这样走路,也太吃力了。倒不如我们两个轮换背着走吧。"

宋定伯一拍手说:"这个主意好,谁先背?"

那鬼自告奋勇,要先背宋定伯。它背起宋定伯走了好几里路,总觉得有些不对劲儿,起了疑心,问道:"喂,你的身体怎么这么重，恐怕不是鬼吧？"

宋定伯哈哈大笑起来，说道："笑话，不是鬼，又是什么？不瞒你说，我是个刚死的新鬼，死了还不到三天，所以身体就重了。"

"噢，原来如此，怪不得这么重。"那鬼放心了。

接下去要轮到宋定伯背鬼了。宋定伯一背起鬼来，觉得它轻飘飘的，几乎没有一点分量，这才知道鬼原来是这样的，就没什么可怕的了。就这样，一路上两人有说有笑，倒一点也不寂寞。

宋定伯脑子一转，又想出个点子来，装出一副很虔诚的模样，向鬼请教道："大哥，我刚死不久，还不懂鬼的规矩。不知道咱们鬼平时都害怕些什么？有啥忌讳的地方？"

鬼说："别的都不怕，就怕人的唾沫。"

"噢，知道了，多谢大哥关照。"

说罢，他们又一起继续赶路，路上遇到一条河。宋定伯让鬼先过去，那鬼渡河的时候，"嗖嗖嗖"一下子就过去了，一点声响也没有。轮到宋定伯渡河了，却发出很大的声音来，稀里哗啦的。这一下，鬼又有些疑心了，问道："咦，你怎么蹚起水来声音这么大？你到底是不是鬼？"

宋定伯还是不动声色地回答："你的疑心病也太重了。我刚才不是已经对你说过了，我是个刚死不久的新鬼，还没学会鬼蹚水呢。今后向大哥多学几次，不也就学会啦！"这一说，那鬼也咧着嘴笑了起来。

走着，走着，眼看快要走到南阳城里的市场了，天也已经有些亮了起来，集市上人来人往的，好不热闹。宋定伯一看，时机到了，一下子就把鬼扛在肩上，死死地按住了它的身体。那鬼根本就没有提防，只好"咋咋"地大喊大叫，哀求着让它下来。宋定伯知道这时候已经没什么话可以跟它说的了，索性不理它，闷声不响地把这个鬼背到市场上，然后把鬼往地下一摔。

鬼一落地，竟变成了一头羊，想逃走。宋定伯赶过去，朝羊身上吐了口唾沫，羊就老实了。然后他把羊牵去卖掉，得了一千五百文钱。

所以，当时民间流传一句俗语："宋定伯卖鬼，得钱一千五。"

【故事来源】

据三国时期魏国曹丕《列异传》译写。

弃老国

那是很早很早以前的事了。有个国家,名叫弃老国。为什么叫弃老国呢?据说这个国家世世代代流传着一个奇怪的习俗:人老了,就会把他抛弃掉,送进深山老林里,让他冻死饿死,不去管他。

当时有个大臣,他的父亲老了,按照习俗要扔到深山老林里。那个大臣舍不得,心想:父亲从小抚养我们,十分辛苦,做小辈的说什么也是舍不得害他的。怎么办呢?他想出一个办法来,在家里挖了个地窖,把父亲藏了进去,一日三餐送到地窖里,好生侍候,对外则说已经把父亲扔掉了。

那时候,天上的神仙要考验弃老国的国王,捉了两条蛇来,放在宫殿前,对国王说:"你要是分得出雌雄,就保证你的国家平安无事;如果分不出,七天之内就把你这个国家灭掉。"国王一听,心急如焚,急忙召集文武百官商量,问谁能分得出蛇的雌雄?文武百官你看看我,我看看你,大家都闷声不响,谁也说不出来。国王束手无策,贴出布告,向全国百姓悬赏,谁能分出蛇的雌雄,就重重有赏。

那个大臣回家,到地窖里去问他的老父亲。老父亲说:"这事好办,你把蛇放在细软的绸缎上,就可以分出来了。浮躁不安、乱窜乱动的,是雄蛇;平平静静躺着的,就是雌蛇。"大臣到朝廷上这么一说,大家按照这个办法一试,果然很快就分辨出了蛇的雌雄。

神仙又牵过来一头大象,问国王:"你称称看,这头象有多少重?"文武百官过来一看,又都傻了眼,这么大的象,哪里去找这样的大秤?于是,国王贴出布告,向全国百姓悬赏。这个大臣又回家问他的老父亲,老父亲笑微微地说:"在河里停泊一条大船,把大象牵到船上去,看看船的吃水深浅,就水的位置,在船舷上画个记号。再把大象牵上岸,然后往船里装石头,装到画记号的地方,这时候就说明船里那些石头的重量和大象的是一样的。你再分别称石头,加起来也就是大象的重量了。"嘿,这个办法真灵!大臣来到宫殿里,把这个办法告诉国王,当场就把大象的重量给称出来了。

神仙拿来一块檀香木,两头一样粗细,要国王分出哪里是头、哪里是尾。大家都答不上来。后来又是大臣的老父亲给出了个主意,说是把檀香木扔到水里去,沉下去那头就是木头的头,浮起来的那头就是木头的尾巴。大臣去一试,又成功了。

神仙还是不死心,又牵来两匹白马,长得一模一样,要国王分辨哪匹是母马,哪匹是子马。满朝文武百官个个都摇头,表示不知道。那个大臣回家问他老父亲,老父亲又告诉他一个好办法:"你抛给它们一堆草料,把草料推给另一匹马先吃的,就是母马。"大臣照这个办法一试,果然又试了出来。

就这样,神仙每出一道难题,老父亲就能解出一道,怎么也难不倒他。

那个神仙口服心服,送给弃老国国王一大批珍珠宝贝,并且对他说:"从今以后,就由我来保护你这个国家,不准任何敌人来侵犯。"

弃老国国王高兴地问那个大臣:"是你自己这么聪明呢?还是有人在背后教你?要知道,你这次为国家立了大功。我们国家能得到这么多珍珠宝贝,安全又得到了保护,这全靠你啊!"

大臣连忙跪下来,说:"这可不是我的智谋。我犯了罪,希望大王能赦免我的罪,我才敢陈述。"

国王说:"你就是犯了弥天大罪,我也要赦免你,何况你的罪也不会太大,你尽管说出来,别怕!"

大臣这才把事情的经过说了出来。他说:"我们国家祖祖辈辈传下来的习俗是不准养老的。我的老父亲到了该抛弃的年龄,我却舍不得丢弃他,将他偷偷地养在了地窖中。我以前回答的所有问题,都是我老父亲指点的。从这件事上可以说明,老人见多识广,对我们永远有用处,怎么可以抛弃老人呢?我请求大王号召全国百姓,从今以后都要好好地赡养老人。"

国王一听,深受感动,当即发出号令,普告全国百姓,不仅不许抛弃老人,而且还要好好地赡养他们,谁要是不敬重长辈,就要受到惩治。

【故事来源】

据北魏吉迦(jiā)夜和昙曜共译的《杂宝藏经》卷一译写,译写时有删节。据学者研究,在亚洲的许多国家里,古代都曾流行过弃老风俗。

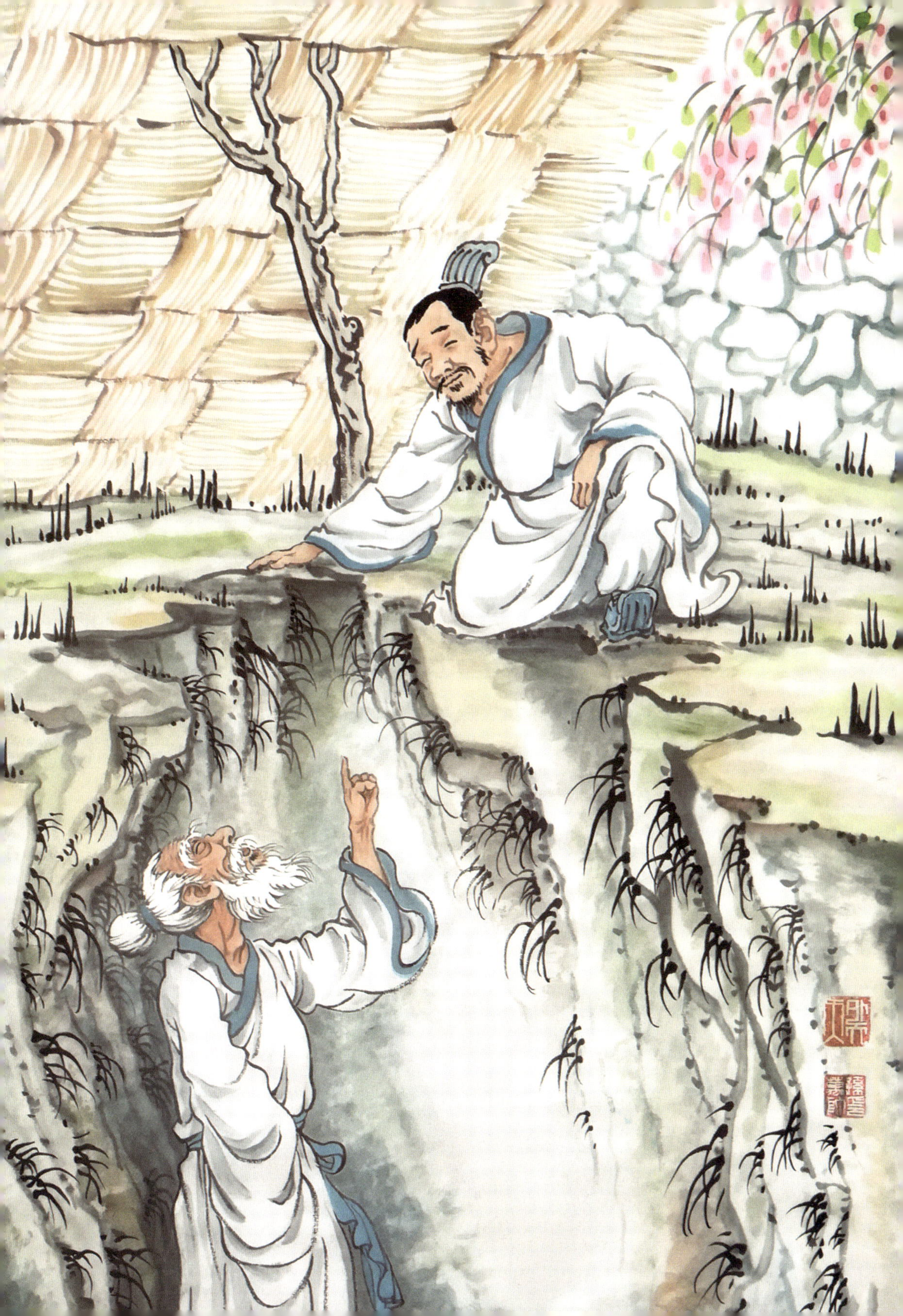

聪明的猕猴

古时候，在浩瀚无垠的大海里，生活着许多头上长角的小龙，名叫虬龙。其中一头大虬龙的妻子怀孕了，脾气特别暴躁，只觉得浑身不自在。它不知从哪里打听到一个秘方，说是猕猴的心最补身体，怀孕的虬龙如果能吃上一颗猕猴心，就准保生小虬龙的时候格外顺利。可是大海里哪来的猕猴呢？这头雌虬龙吃不上猕猴心，脾气越发暴躁起来，常常莫名其妙地发火，身体也一天天地消瘦下去，脸色蜡黄，眼看要活不长了。

雄虬龙关心地问道："老婆，你怎么啦？是生什么病了吧？你想吃什么东西，尽管开口，我一定想方设法替你弄来。"雌虬龙眼泪汪汪地说："你有什么本事？只会吹牛。我说不说都一个样。"

"谁说的？老婆想吃什么东西，做丈夫的要是弄不到，它还算是丈夫吗？你尽管说，我一定给你弄来。"

"我想吃猕猴的心，你有办法吗？"

听老婆这么一说，雄虬龙可愣住了。隔了好一阵子，它才吞吞吐吐地说："猕猴心，猕猴心到哪里去弄呢？老婆，我们住在大海里，猕猴住在高山的大树上，我们跟它们一向没有来往，你说我有什么办法呢？"

雌虬龙身子一扭，索性号啕大哭起来："我说你没有本事，就是没有本事。嫁给你这个大草包，真是倒了十八辈子的霉。要是吃不上猕猴心，我这次肯定是要死了。我们来世再见吧，呜……"

雄虬龙急得手忙脚乱，一迭声地说："别哭，别哭。你一哭，我的心也乱了。好好好，你在这里乖乖地等着吧，我马上去找。"说罢，它一头扎进汹涌的波涛里，寻找猕猴去了。

游呀游，雄虬龙游到海岸边上，抬头一看，咦！就在岸边不远的一棵大树上，正好趴着一只大猕猴，它两只眼睛骨碌碌地转着，一双手不停地摘着树上的果子吃。

雄虬龙的一颗心"怦怦"直跳，却装出一副优哉游哉的模样，游到树下去等候。不一会儿，猕猴吃饱了果子，从树上跳下来。虬龙开始和它攀谈起来：

"猕猴大哥，你好！"

"喔，原来是虬龙先生，难得难得。"

"猕猴大哥，你在树上蹦蹦跳跳的，吃得饱吗？"

"马马虎虎，勉强过日子呗。"

"是呀，我看你也是够累的，一天到晚忙忙碌碌，真是太辛苦了。"

"唉，是呀，树上的果子结得少，这也是没办法的事情。"

"猕猴大哥，你这个地方是不太好，树太少了，果子又结得小，怪不得你一副穷酸相。喂，你知道吗？就在大海的那一头，有一片茂密的森林，那才真是个好地方！气候温和，土壤肥沃，雨水又充足，果子长得又大又多，你为什么就不肯换个地方住住呢？到那边去试试看，包你吃得白白胖胖，再也不想回来了。"

"喔，原来世界上还有这么个好地方，真是太好了。不过我们猕猴都不会游水,大海里波涛汹涌,怎么过得去呢?"

其实,虬龙的这番话全是假的,它编出来的目的就是想骗猕猴上当,好弄到一颗猕猴心。现在看见猕猴上了钩,心中好不喜欢,连忙笑眯眯地说:"你不会游水,怕什么?不是还有我吗?俗话说得好,在家靠父母,出外靠朋友。我们虽然初次见面,现在也已经算是好朋友了。我一向喜欢交朋友,你去打听打听,谁不知道我是最讲义气的。这点点小事难道还用客气吗?来来来,骑到我身上来,不一会儿工夫我就可以把你送到对岸啦。"

猕猴好不高兴,来不及细想,就跳到虬龙身上。虬龙驮起猕猴,下了海,急匆匆地向自己的家里游去。

游着游着,猕猴忽然觉得有些不对劲,忍不住喊了起来:"喂喂喂,虬龙先生,你怎么老是往下沉?我都快要淹死啦!"

虬龙冷笑一声,冷冰冰地说:"淹死就淹死吧,你还想活多久。"

"咦,你这是什么话?"猕猴大吃一惊,急着要弄明白。

虬龙朝四周一看,全是汹涌的海水,谅它猕猴也无处可逃,索性跟它摊了底牌。它老实不客气地说:"事到如今,我就明白地告诉你吧,大海的对岸根本没有什么森林,只是因为我的老婆怀孕了,想吃猕猴心,我才设了这个圈套捉你的。看你还往哪里逃!"

猕猴心中暗暗叫苦,只怪自己一时莽撞,听信了它的花言巧语,才落得这般下场。现在怎么办呢?它的眼珠骨碌碌一转,忽然想出来一个点子:既然虬龙可以骗我,我为什么不可以骗它呢?

想到这里,猕猴猛地一拍自己的脑袋,大声嚷嚷起来:"唉,虬龙先生!你怎么不早说清楚呢?要知道我们猕猴的心跟你们虬龙不一样,平时都不是放在身体里的。刚才我正好把心取出来挂在树上吹吹风,光顾着和你说话,把这事给忘了。既然大嫂要吃猕猴心,我就送它一颗心吃吃好了,自家好朋友,又有什么大不了的。你得赶快驮我回去拿才是。"

这一次,虬龙也上当了,慌里慌张地驮着猕猴又赶紧往回游。

它们终于回到了猕猴住的地方。猕猴一看见自己一直生活的那片树林,顿时热泪盈眶,浑身增添了力量。它奋力一跳,从虬龙背上跳到岸上,"嗖嗖嗖"地爬上了树。

虬龙在树下等呀等,等呀等,等到天都快黑了,还是不见猕猴下来,忍不住大声喊了起来:"猕猴大哥,你还磨磨蹭蹭什么?快下来,我驮你吃果子去。"

猕猴这时候当然不会再上当了,蹲在树上,只是朝它笑。

虬龙见猕猴不肯下来,就唱起了一首甜蜜的歌:

猕猴兄弟你快点取心,
干脆利落地从树上下来吧。
我送你到大海彼岸,
去吃那甜甜的果子。

猕猴想:"这头虬龙也实在太笨了,难道我还会上第二次当吗?"

它也针锋相对地唱起了一首歌:

虬龙先生自以为聪明,
其实却是个大笨蛋。
你为什么不想一想:
猕猴没有心,它怎么能活?

大海对岸果子再多,
我也绝不会嘴馋;
猕猴爱自己的家乡,
这里的果子味道最鲜!

【故事来源】

据隋朝天竺三藏阇(shé)那崛多译《佛本行集经》卷三十一译写。这个故事传入中国后,在民间一直口耳相传,并且出现了许多不同的版本。

四姓害子

这是一个古老的故事。那时候,有一家穷人,常常吃了上顿没下顿,为过日子天天发愁,偏偏他们家又生了个儿子。这可怎么办呢?夫妻俩一商量,只好用一块破布把婴儿包起来,偷偷地放在大路边上,希望哪个好心人把孩子抱走,免得孩子将来饿死。

这一天正好是个节日,老百姓都到郊外参加一个盛大的集会,又是唱歌,又是跳舞,大家玩得很开心。这时候,有个梵志*对大家说:"今天可是个吉祥的日子,我早已占卜过了,今天出生的孩子一定非同寻常,男的一定富贵,女的一定贤惠。你们谁家要是今天生孩子,得好好抚养他才是啊!"

听梵志这么说,别人倒也并不在意,当时在座的一个财主却动了心。这个财主的名字叫四姓,家里钱很多,却偏偏没儿没女,好不苦恼。他连忙派出手下的用人,到各处去寻访,看有没有在这天出生的孩子,而且孩子的父母养不起他们,想把孩子送掉的。

一打听,有人说刚才还在大路边看到一个弃婴,是个孤老太婆抱走的。那个用人又去找那个孤老太婆,好不容易找到了她,说愿意花钱买这个弃婴。孤老太婆一想:"我是可怜这孩子,怕他冻死饿死,才抱回来的。不过真正要把他抚养成人,还真不那么

> 梵志
> 古代印度的婆罗门教徒。

简单呢。既然财主家要领养,也是这孩子的福气,就让他享福去吧。"于是,孤老太婆让那个用人把孩子抱走了。

谁知道这孩子到家才几个月,四姓的老婆竟怀了孕。四姓东想西想,有些懊悔起来:"说起来,我是因为没儿子,才去抱一个来抚养的。现在眼看要有亲生骨肉了,还要别人家的孩子干啥?"这么一想,他就毫不犹豫地抱起这个婴儿,偷偷地把他扔到一个土坑里去了。

说来也怪。在土坑附近,有一个牧羊人,他养的羊每天都会争着到土坑那儿给孩子吃奶,羊还生怕孩子夜里冻着,竟然咬下了许多羊毛堆在孩子身上。几天之后,牧羊人也看见了,他深受感动,心想:"连羊儿都这么仁慈,我难道连羊都不如吗?"于是,他小心翼翼地抱起孩子,带回家精心照料起来。

再说,四姓送走了孩子,却又后悔起来,心想:"万一我老婆生了个女孩儿,怎么办?毕竟送走的是个男孩儿,怎么可以如此掉以轻心呢?"于是,他又派人打听,并设法从牧羊人手里要回了孩子。

过了几个月,四姓的老婆分娩了,生下的是一个白白胖胖的男孩。这一下,四姓又动摇了,终于下定决心,把原先领来的婴儿用布一包,趁半夜放到大路上的车辙里,心想:"让来往的车子把他碾死算了,省得日后麻烦。"

第二天一清早,有个商人赶着牛车队伍路过这里,领头牛到了弃婴那里,停了下来,不肯往前走。商人过去一看,原来大路上躺着一个孩子,那孩子还正朝他笑呢。他连忙把孩子抱起来,牛车的队伍又继续朝前走去。

走了一段路,商人的车队停在路边休息,走过来一个孤老太婆。原来她就是当初领养过弃婴的人，一见这孩子，她还认识。她想："这孩子不是已经让四姓领去了吗？怎么又被扔掉了呢？真是作孽！"孤老太婆又动了心，对商人说："你走南闯北地做生意，带着个婴儿多不方便，还是让我这个老太婆来抚养吧，我不会亏待他的。"商人一想，确实有道理，就把孩子交给了孤老太婆。

孤老太婆逢人便讲这事，乡亲们知道了，都在背后议论说："四姓这个人真缺德，自己生了儿子，又把领养的扔掉了，真不像话。领来的孩子难道就不是人吗？"

这话传到四姓的耳朵里，他受不了啦，于是又装模作样地去找孤老太婆，连声说："是我不好，是我不好，我一定改，你让我好好抚养这孩子吧。"他送给孤老太婆一大笔钱，又把孩子领了回来。

几年之后，孩子们长大了。这个孩子聪明过人，善良仁爱，谁见谁都欢喜。可是，他那个亲生儿子却不争气，一天到晚使性子，开口骂人，动手砸东西，谁见谁摇头。四姓越想越懊恼："糟了糟了，这两个孩子一长大，养子肯定胜过我的亲生子。等我们夫妻一死，我的亲生子就要吃养子的苦头了。"于是，他一不做二不休，把养子的眼睛蒙住，带他走进深山老林里，也不给孩子留一点食物，就这样扔下他，自顾自地回家了。

养子一个人在深山老林里，叫天天不应，叫地地不灵，只好到处瞎闯，一不小心，从山坡上滚了下来，不知怎么地滚到了一条山溪边上。

山里有一户人家，每天都到溪边汲水，发现了这个孩子，把他领了回来。

过了没多久，山里人在溪边发现孩子的消息又传开来。四姓进进出出，总觉得有人在背后指指点点地议论他。他浑身不自在，便又赶进山去，痛哭流涕地把自己骂了一通，又送给山里人一笔钱，把养子领回了家。

四姓让养子和亲生子一起读书，几年工夫下来，两个孩子简直是一个天上、一个地下。养子天赋极高，老师一教就会，有的书老师还没开始教，他就都看懂了，经常受到老师的赞赏。可是那个亲生子却一天到晚只知道吃喝玩乐，天天逃学，在街上和那些野孩子一起赌博，谁也管不住他。

四姓看在眼里，急在心里，想了三天三夜，终于想出个办法来。他偷偷地给离城七里路外的一个铁匠师傅写了一封信，信中写道："我领来的这个孩子太不像话了。自从他进了家门，我们全家就鸡犬不宁，灾祸不断，晦气连连。再这样下去，我这个家就要败在他手里了。请你帮帮我，见信后，当即把他扔进火炉里烧死。"四姓写完信，把信封好之后，就把信交给养子，对他说："我年纪大了，走不动远路，你替我跑一趟，把这封信送到城外七里路的一个铁匠家，也顺便结结账，把钱带回来。"

养子不知是计，带着信走了。路过城门口，亲生子正和几个朋友在赌博，一见哥哥来了，好不高兴，一把拉住他就说："来来来，今天我手气不好，输了个精光，你快点替我赢回来。"养子说："爸爸让我去送信，可不敢耽误了。"亲生子却说："赌博要紧，你一定要替我赢回来。信送到哪里？我替你去跑一趟吧。"说罢，弟弟就从哥哥手里夺过信，问清地址后，兴冲冲地走了。

四姓在家里，听得一个用人说，亲生子到城外去送信了。他大吃一惊，连忙骑马去追，到了城门口一问，果然是这么回事。这可不得了，要出人命啦！他快马加鞭，心急火燎地赶到铁匠家。可是，已经迟了，他的亲生子在他之前就到了铁匠家，铁匠

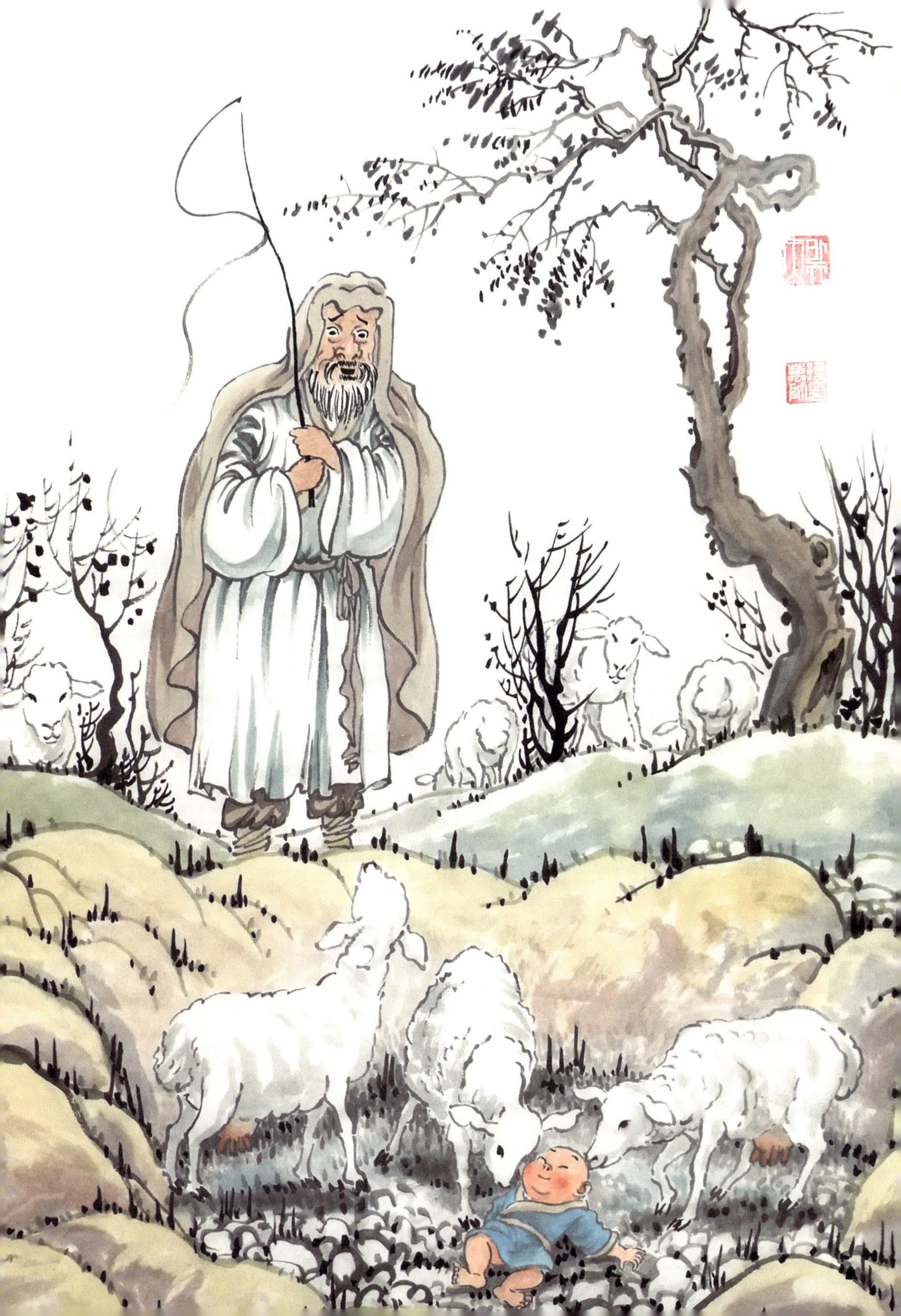

一看信，二话没说，就把这孩子扔进了火炉。

四姓大哭一场，却又发不出火来，这全是自作自受，能怪谁呢？他一肚子窝囊，哭哭啼啼回到家中，病倒在床上。

四姓躺在床上，怨这怨那，就是不怨自己心术不正。他越想越懊恼，还是想除掉这个养子。他又写了一封信，用蜡封死，交给养子，说道："在千里之外的邻国，我有一笔财产，你去帮我结一结账目。那里一个大官是我的好朋友，你带着这封信去找他吧。"说罢，四姓假惺惺地把信交给了他。

养子接过信，当即出发。半路上，他遇到一个梵志，是四姓的好朋友。这个梵志看见自己好朋友的孩子来了，格外高兴，特地为他举办了一次宴会，邀请附近一带有名望的人都来。大家在一起谈论学问，都对这个孩子赞不绝口，说他学识渊博，态度谦和，真是个难得的好青年。晚上，养子就留在梵志家里过夜。

却说这个梵志有个女儿，长得花容月貌，也喜欢读书。她在一旁听养子说话，不觉地对他产生了爱慕之心。这天夜里，她为养子安排房间时，发现他的腰间塞着一封书信，而且用蜡特别封死了。她感到很好奇，就偷偷地取出来，想办法打开来看。

这一看，吓了她一大跳，原来信中是这样写的："这个孩子是我的克星，你可以用大石头绑在他的腰上，将他沉没在万丈深渊之下。"梵志的女儿想："可怜的青年人，你已经死到临头了，竟一点儿都不知道。现在只能是我来救你了。"于是她把原信撕掉，又模仿原信的字迹，重新写了一封信。新写的内容是这样的："我的年纪一天天老起来了，该把家业传给我的儿子了。就在离你们国家不远的地方有个梵志，他的女儿很是贤惠，正可以做我的儿媳妇。请你代我操办这件事，向梵志家求婚，为他们举行婚礼吧。"写完信，梵志的女儿用蜡照原样封好，塞进了养子的腰间。养子早已呼呼入睡，一点儿也没有察觉。

第二天，这个年轻人告别了梵志一家，上了路。不久，他来到那个国家，见到了大官，把父亲的信恭恭敬敬地递给他。那个大官读着信，笑微微地说："孩子，你父亲把你的终身大事托付给我了，我一定会使你幸福的。"说罢，他当即派手下带着大批珍宝，到梵志家求婚。

梵志夫妇早就喜欢上了这个孩子，又去问他们的女儿。女儿自然愿意。于是，他们十分爽快地收下了礼品，又和对方商定了结婚的日子。到了那一天，梵志家准备了一份丰厚的嫁妆，吹吹打打，热热闹闹地把女儿嫁了过去。

两个孩子结婚之后，那个大官派人骑快马去向四姓报喜。四姓一听，怎么搞的，这一次事情又颠倒了。他越想越气，越想越恼，当场口吐鲜血，再也爬不起来。

养子夫妻听说四姓得了重病，不敢怠慢，日夜兼程往回赶，等到他们赶到家时，四姓已经死了。

【故事来源】

据三国时期吴国康僧会译《六度集经》卷五第四十五译写。在云南傣族民间，有一则题为《阿銮吉达贡玛》的民间故事，就是从《四姓害子》这个佛经故事演变而成的。

罗刹女和五百商人

那时候，阎浮提*这个地方有五百个商人，打算过海去做生意。他们用三千万钱置办货物，用十万钱购买路上吃用的东西，剩下的钱购买船只、雇用船手，一切准备就绪后，就驶入了大海。

谁知道海上掀起了险恶的风浪，船只被打破了，他们只好听天由命，随波逐流，最后漂泊到了罗刹国。

罗刹国里有罗刹女，其实她们都是些魔鬼，常变成美女迷惑人。在这之前，已经有一批商人到了这儿，跟罗刹女们配成夫妻。现在罗刹女听说海上又有大船漂来，顿时露出凶相，把原先的"丈夫"们统统关进一座铁城，然后她们摇身一变，又成了楚楚动人的少女，用香汤沐浴，用名贵的香料涂抹全身，穿上漂亮的衣服，打扮得花枝招展，到海岸边去迎接这五百个商人。

再说那五百个商人乘坐的大船早已破损不堪，漂流到罗刹国附近时，商人们纷纷落水，在海水里拼命挣扎，狼狈不堪。这时，岸上过来一群少女，异口同声地对他们说："别害怕，别担忧，快伸出你们的手来！"商人们穷途末路，一见岸上有人来救，想也不想，就把手伸了过去。

罗刹女救起了商人，又哭着对他们说："喔！善良的圣人子弟

阎浮提
佛经中所说的南赡部洲，一般指东方诸国，也专指印度。

们，你们受苦啦。我们这些女子都没有男人来疼我们，日子真难熬，你们就留下来做我们的丈夫吧。我们一定会好好侍奉你们的。"

嘿！居然有这样的好事。五百个商人做梦也不会想到，他们忙不迭地回答说："姊妹们尽管放心，我们会在这里住上一段时间的。"

于是，罗刹女们把五百个商人带到城里，分别接进各自的家，服侍他们洗澡，换上新衣服，又拿出好吃的饭菜款待他们。吃饱了，喝足了，又有这么漂亮的罗刹女陪他们玩乐，哎哟哟，五百个商人全像小狗跌进了粪缸——有得吃，心里乐开了花，早把回家的事忘得精光了。

后来，有的商人想到城外去散散心，罗刹女却不肯，告诫他们说："城南万万去不得。"这五百商人中有个年轻人，名叫狮子，听了这话后，顿生疑心：为啥不让到城南去呢？

当天夜里，等罗刹女睡熟了，他悄悄地从床上爬起来，屏声息气，拿起一把刀子出了门。走到城南，看见一条小路，路边没一棵树，也不长一棵草，荒凉得让人害怕。他蹑手蹑脚地沿着小路走去，隐隐约约听得有人在叫唤，那声音像是从地狱里发出来的痛苦呻吟，恐怖得让人全身汗毛都竖了起来。为了弄清真相，他还是硬着头皮往前走。走了一段路，看见一座铁城，城墙高峻，煞是怕人，原来那恐怖的声音正是从这里传出来的。他沿城墙兜了一圈也找不到城门，绕到城北，看见城墙边有棵合欢树，他就爬了上去。树比城墙高，城里的情景一览无余。

这一看可不得了！城里横七竖八躺着不少人，有的还没断气，却缺胳膊断腿的；有的又饥又渴，懊恼万分地坐在地上；有的瘦骨嶙峋，两只眼睛深深地凹进去，正相互割着身上的肉吃。

年轻人吓坏了,就用手抓住树枝摇晃起来。

城里的人听得树枝摇晃,纷纷抬起头来,一见树上有人,不觉地欢呼起来:"你是谁?是天帝吗?是龙王吗?你是来搭救我们的吧?"他们一边说,一边跪在地上拼命磕头,磕完头,又异口同声地哀求:"仁慈的天神发发慈悲,快拯救我们脱离苦海吧。我们都是些抛妻舍子的伤心人,快让我们回家吧。"年轻人没法救他们,只好老老实实说出自己的身份和遭遇。

城里的人对他说:"我们也是从阎浮提出来做生意的,遇上了风暴,漂到这里,是罗刹女把我们救上岸,和我们做了夫妻,可惜好景不长。后来,她们听到海上有呼救声,知道又有新人来了,就把我们关进这座铁城。我们刚来时有五百人,后来竟被罗刹女吃掉了二百五十人。说起来,我们跟她们也做过夫妻,恩恩爱爱,可是她们翻脸不认人,吃光了生下的小孩,又来吃我们。她们哪里是什么美女?全是些吃人肉的魔鬼,你们可别再上当了。"

年轻人终于明白了真相,忍不住问道:"你们知道有啥办法可以逃走吗?"

城里的人说:"办法倒有一个。每年四月十五日这天,有个名叫鸡尸的马王,要到这里吃一种香美的粳米。它吃饱后会露出半个身躯,开口说:'谁想渡过这苦海,我可以让他平安到达对岸。'它会连说三遍。你们要是能遇上神马,让它带你们走,就有救了。"

"那你们当初为啥不跟神马离开这里呢?"

"唉,我们当初迷恋着罗刹女,错过了机会。有人想去找马王,却走错了方向,现在后悔也来不及啦。"

"那么你们快点爬出来,我们一起去找马王。"

城里的人长叹一声,哭丧着脸说:"哪有这么容易?我们想爬上城墙,可是,我们越往上爬,城墙就会跟着长高。我们想挖地道,可是今天挖了,明天地道又被塞满了。谁也休想逃出去。唉,我们只希望你们不要走我们的老路,赶紧回家去吧。将来你们要是有机会经过我们的老家,代我们问候亲人,我们也就心满意足了。"

年轻人弄清了真相,赶紧下树,顺原路回来,看见自己的伙伴和那些罗刹女还在呼呼大睡。他很有心计,什么都不说。

他一直捱(ái)到了四月十五日,这天是罗刹国的传统节日,全国人都在为过节忙碌着。年轻人这才悄悄地告诉同伴:"我有一件非常机密的事要对大家说,你们务必要等那些女人熟睡之后,悄悄到某地集合,千万不能让那些女人发觉了。"

商人们一向很敬佩这个年轻人,没一个人不听他的话,等罗刹女睡熟之后,他们一起来到集合地点。年轻人把从铁城里看到的、听到的全都告诉他们,五百个商人全都吓坏了,异口同声地求年轻人快带他们逃走。

他们来到马王鸡尸那里。这时,马王已经吃饱了香美的粳米,正露出半个身躯在呼叫:"谁想渡过这苦海,我可以让他平安到达对岸。"五百个商人齐刷刷地跪了下来,求马王把他们带走。

马王说:"把你们带走并不难,不过你们要记住,罗刹女马上就要赶来了,她们会抱着和你们生下的儿女,哭哭啼啼求你们留下,到那时你们可千万别动心。你们只要稍一动摇,即使已经骑在我的背上,也会跌落下去,被罗刹女吃掉的。如果你们坚定信念,不听罗刹女的花言巧语,那么,即使你们只抓住了我的一根鬃毛，也不必担心，我照样会把你们带回去。"

五百个商人争先恐后地爬到马王身上，有的抱住脖子，有的骑在背上，有的抱住马腿，有的抓住鬃毛。马王一声长嘶，腾空飞了起来。

说时迟，那时快，马王刚要飞起，罗刹女们已经抱着儿女赶来了，一人拉住一个商人，边哭边骂："你们这些忘恩负义的人，当初你们在海上遇难，走投无路，是我们好心收留了你们。现在你们居然喜新厌旧，想抛弃我们了。再说这些孩子是你们的亲骨肉啊！难道你们也忍心抛弃了不成？"说着，她们把孩子塞了过来。

商人们看见妻子和儿女哭得这么伤心，不觉地犹豫起来，心想：明明是温柔体贴的好妻子，怎么会是吃人的魔鬼呢？是不是弄错了？

这一想可不得了，那些商人一个个都从马王身上跌落下去。只有那个年轻人依旧咬紧牙关，硬是坐在马王背上，飞过了大海。

年轻人回到了阎浮提，谁知道有一个罗刹女竟抱着一对儿女，紧追不舍，也飞过大海，来到了阎浮提。年轻人走到哪，罗刹女就跟到哪，年轻人撵她走，她硬是不肯。围观的人越来越多，那罗刹女就一把鼻涕一把眼泪地哭诉起来，说年轻人是她男人，如今把她抛弃了。围观的人不明真相，都同情这个女人。年轻人急了，再三说这女人是罗刹女，是吃人的魔鬼。大家朝他看看，摇摇头，谁也不相信。

这事闹到国王那里。国王一问，两个人说得牛头不对马嘴，他也不知道相信哪一个好。国王朝罗刹女看看，越看越觉得她标致，说道："既然如此，他不要你，我要，你就做我的妻子吧。"

年轻人连忙上前阻拦："使不得！她是罗刹女，要吃人的！"

国王火了，大喝一声："我是国王，见多识广，要你一个毛头小伙子教训我吗？滚开！"他一边命令手下人把年轻人轰出去，一边拥着罗刹女到后宫去了。

第二天，太阳升得老高，文武百官等国王上朝，左等右等还是不见国王的影子。这时，年轻人赶进宫来，对大臣们说："十有八九是出事了，快进去看看。"大臣们来到后宫，见宫门紧闭，他们只好搬来梯子，从墙上爬进去。这一看，可不得了，后宫里全是些死人骨头，国王、王后、宫女，全被吃掉啦。

大臣们前前后后想一想，觉得这个年轻人非比寻常，别人都看不出罗刹女，就他早看出来了，真是不简单！于是，大臣们一致推举他当国王。

年轻人当了国王，对大家说："罗刹女非常厉害，弄不好还要来捣乱。我们得团结一致，先发制人，把她们消灭掉，才能安居乐业。"于是，他们迅速组织起一支军队，由年轻人率领，乘船过海，来到罗刹国。趁罗刹女没有防备，来了个突然袭击，把她们全部杀死。接着，他们又捣毁了那座铁城，把里面存活的商人救了出来。

罗刹国气候暖和，物产丰富，年轻人领着一些人在那里定居下来。因为年轻人名叫狮子，后来大家就把这个国家称为狮子国（即现在的斯里兰卡）。

【故事来源】

据隋期天竺三藏法师阇那崛多译《佛本行集经》卷四十九和后秦凉州沙门竺佛念译《出曜经》卷二十一《如来品之二》综合译写。唐期玄奘《大唐西域记》卷十一"僧伽罗国"所记也大同小异。罗刹女的故事很早就在我国流传,罗刹女已经成为女鬼的代名词。《西游记》中的铁扇公主也叫罗刹女。

华山畿

南朝宋少帝时候,南徐(今江苏镇江一带)有个读书人外出到云阳(今江苏丹阳)去,路过华山(今江苏丹徒)时,晚上在一家客店里过夜。店里有个十八九岁的少女,长得楚楚动人,进进出出,帮忙干活,手脚很勤快。读书人看着看着,不觉动了心,就爱慕上了这位少女。读书人几次想去接近少女,说几句话,可总是没有个合适的机会。再说,读书人也怕难为情,一时之间不知怎么说出口,只好把话憋在心里。

后来,读书人回到家里,对那个少女总是念念不忘,想着想着,就生起病来。他母亲好不焦急,再三盘问后,才了解到实情。

于是,母亲风尘仆仆赶到华山去寻访,一打听,果然有这么个女孩子,就想办法找到了她。母亲约她出来,把自己儿子为了她而生病的事一五一十地讲了一遍,说着说着,她泪如雨下,泣不成声。

少女听了,也很是感动,经他母亲这么一说,她对那个读书人的印象就更深了。不久以前,她确实见到过这么个过路客人,当时她对他的印象也是蛮好的。少女想:"难得他一片真心,自己这辈子能遇上这么个痴心人,也真是一种福分。可是他现在生病了，又该怎么办呢？男婚女嫁，也草率不得，还得有父母之命、媒妁之言，自己是做不了主的。"她想来想去，也想不出个好办法，就把自己穿的那条花围裙脱了下来，交给读书人的母亲，让她带回去，说是只要偷偷地将围裙放在读书人的席子底下，让他睡在上面，病就会好的；病好之后，再从长计议，也不迟。

老母亲带回围裙，照着少女的说法去做。没几天工夫，她儿子的病果然好了。

一天，读书人偶尔翻动了席子，正好看见那条围裙，他一下子认了出来，这不正是他日夜思念的华山少女穿的花围裙吗？花围裙顿时勾起了他的思恋之情，往日情景，历历在目，而今却只剩下这条花围裙……读书人一时激动，一口痰涌上喉咙，竟昏厥了过去。

读书人醒来之后，只觉得浑身乏力，知道自己活不成了，临死的时候，紧紧攥着母亲的手，再三叮咛道："载我棺材的灵车，一定要从华山经过！"

老母亲哭得死去活来，顺从了儿子的心愿，出丧那天，她特意让灵车经过华山。

灵车路过少女的家门口时，风凄凄，云惨惨，草木低头，鸟雀呜咽。那拉着灵车的牛儿，走到这里也死活不肯往前走了，任凭赶车人又是抽鞭子，又是大声吆喝，全都没有用。

少女听到响声，走出门来一看，就全都明白了，她感到一阵心酸，走过去握着老母亲的手说："请稍等一下，让我去送送他。"

于是，少女走进屋，认认真真地梳洗打扮了一番，神色庄重地走出门来，悲哀地唱起了一支歌：

华山畿(jī)*呵华山畿,
郎君钟情,
为我而死;
我独自活着,
又为了何人?
郎君呵,
你要是想见我一面,
就快把棺木盖打开来吧!

畿
国都附近的地区。

少女刚刚唱完这首凄哀动人的歌,那棺材盖竟自动打开了。

少女一见,毫不犹豫地跳进了棺材,旁边的人吓了一跳,赶紧去拉,可哪里还拉得住。说时迟,那时快,少女一跳进棺材,那棺材盖就"啪"的一声又合上了,旁边的人再怎么敲打,也打不开。

于是,两家人将他们两人合葬在一起,把坟墓称为"神女冢"。

少女临死时唱的那支歌,叫作《华山畿》,一直流传到了今天。

【故事来源】

据宋朝郭茂倩《乐府诗集》卷四十六《清商曲辞三·吴声歌曲三·华山畿二十五首》引《古今乐录》译写。在江苏丹徒和丹阳交界处,至今仍有"神女冢",当地人称为"玉女墩",或"仙女墩"。郑振铎先生认为,梁祝传说的结局与华山畿很相似,或许是从华山畿演变过去的。

图书在版编目（CIP）数据

顾爷爷讲中国民间故事 . 两汉—南北朝 / 顾希佳编写 . — 北京：北京联合出版公司，2020.5
ISBN 978-7-5596-4022-2

Ⅰ.①顾… Ⅱ.①顾… Ⅲ.①民间故事—作品集—中国—汉代—南北朝时代 Ⅳ.① I277.3

中国版本图书馆 CIP 数据核字（2020）第 034081 号

顾爷爷讲中国民间故事
　　②
　（两汉—南北朝）

编　　写：顾希佳
总 策 划：苏　元
责任编辑：牛炜征
策划编辑：鲁小彬
特约编辑：鲁小彬
插　　画：高西浪　孙万帅
封面设计：主语设计

北京联合出版公司出版
（北京市西城区德外大街 83 号楼 9 层 100088）
北京联合天畅发行公司发行
北京中科印刷有限公司印刷　新华书店经销
字数 110 千字　710mm×1000mm　1/16　10.5 印张
2020 年 5 月第 1 版　2020 年 5 月第 1 次印刷
ISBN 978-7-5596-4022-2
定价：198.00 元（全 6 册）

未经许可，不得以任何方式复制或抄袭本书部分或全部内容。
版权所有，侵权必究。
本书若有质量问题，请与本公司图书销售中心联系调换。
电话：(010) 64258472-800

扫码收听
中国经典民间故事有声书